清晨的人

隱地

爾雅40周年回顧散章

1975 創業書

1985 十週年

1995 二十週年

2005 三十週年

2014 三十九週年

四十年前，三十八歲的我，
創辦了爾雅出版社。
那是一九七五年，非常焦躁不安的一年，
又是充滿希望的一年……

穿越時空的人

——代序

像一個穿越時空的人，我從四十年前的一九七五年，把文學爾雅從一個小寶寶，帶到二〇一五年，他已入中年，但似乎體質不佳，未老先衰，到底是我這個監護人不夠盡職，還是他自己缺少毅力，總之，文學爾雅要如何健身，才能繼續存活在這個日新月異的世界，真是讓我傷神。

至於我自己，從三十八歲創辦爾雅，到七十八歲，仍做著同一件事——編書、寫書、寫書、編書，以為就這樣守著自己的文學城堡，做一個愛書人，甚至像傳教士般，將文學種子散播人間，在有限的生命裡種一棵無限的文學樹，以為人人都會以讀文學好書為滿足，其實，人性複雜，人的想法，南轅北轍，人從最初誕生，如果沒有好好教導，等到長大，受到不正確的環境污染，再加上損友的錯誤引導，很容易誤入歧途，以前的傳統華夏文化，諸如諸子百家甚至像《朱子家訓》這一類的書籍，都會讓一個成長中的孩子有一條正路可走，如今科學發達，飛機把地球縮小，東方西方宛如一家，等到西方的民主自由引進我們的生活，再加以滿清末年政治腐敗，鴉片戰爭引來八國聯軍，而民國之後，北伐抗日以及內戰，把一個國家弄得四分五裂，國人信心喪失，有人喊出全盤西方，東方倫理思想連帶瓦解，加以人性中本來就潛藏著一股好鬥的天性，從最初的人與天鬥、天與獸鬥、人與神鬥、人與人鬥到眼前的人與機器人鬥（現已演變成機器人與機器人鬥），只要有心人搧風點火，於是成天你批我鬥，社會更顯擾攘不安，缺少和諧的氛圍，要人靜下心來讀讀書、寫寫字，變成一種不可能的夢想，而網際網路興起，人人手上有一支手機，電子產品戰勝一切，於是紙本書漸行漸遠，似乎一天天走進歷史。

我個人正巧走在這樣一個世紀交會的革命年代，說得好聽是多元化社會的來臨，其實多元化的另一面就是碎片化——自由放縱之後，出現分崩離析，支離破碎的現象，社會再無共識，一小撮人勾結，就冒出一堆民粹形的人物，營黨無國，甚至蠻橫向法律挑戰……一切翻轉，加以速度改變人們的生活方式，也改變人們的思想觀念，我躬逢其盛，也躬逢其衰，不論如何，我還是要回過頭來感謝，感謝這四十年來曾經購買「爾雅叢書」的每一個讀者，沒有廣大讀友的支持，爾雅不可能走過四十年的歲月，而像我這樣一個生活在興趣裡的文藝青年，當初一念之間辦了一間文學出版社，竟能靠著自己的興趣，做自己想做的事，透過文學出版，居然可以生活，這是社會國家給我的恩典，文學曾經輝煌，如今社會潮流改變，像爾雅這樣的出版社颳起逆風，我不該因此而抱怨，個人怎麼可能永遠處於順境，我以感恩之心，寫下這本四十年回憶散章，偶有牢騷之處，還盼讀者諸君諒解原宥。

我也要向我最小的團隊——趙燕倡、李香華、廖烈槃、彭碧君、柯書湘、簡志益致上最大的感謝，每個人像家人一般照顧著爾雅，數十年如一日，還有內子貴真，在「爾雅書房」天天為「爾雅叢書」尋找知音，讓我永不感到孤單。

是為序。

1985 年前後，楚戈送給隱地的一幅字，一直掛在爾雅書房。

清晨的人
——爾雅四十周年回憶散章

隱地

一九七五年

一九七五年四月四日晚上雷電交加，大雨傾盆，第二天是清明，清晨從信箱裡取出報紙，無論那一家所有新聞的頭條，都是一代強人蔣中正，因突發性心臟病崩逝，享年八十九歲。隔年一月，周恩來病逝，僅活七十八歲，九月九日，毛澤東在北京病逝，活了八十三歲，鬥了一輩子的三個人，影響全中國身家性命的三個人，終於和世界告別了，兩岸中國也因此逐步走向一個全然不同的新環境、新局面和新世界。

一九七五年去世的，還有英國歷史學家湯恩比以及國內四位知名藝術家和作家：白石老人齊白石、《藝術概論》作者虞君質、戲劇家李曼瑰和寫《汪洋中的一條船》的鄭豐喜。

不能只說死亡。有死必有生。一九七五年，果然誕生一個文學嬰兒，他今年已經四十歲。二〇〇五年在爾雅出版社出版了他的第一部詩集——《落葉集》，他的一首

〈星期四天氣未明我離開你〉，就影響了我，讓我寫出一本讀詩隨筆《讀一首詩吧！》，現在他一面教書一面攻讀博士，詩集又出了好幾本，他是李長青。

四月六日，副總統嚴家淦繼任總統。蔣經國當選國民黨主席。

蔣中正去世特赦，作家陳映真出獄。一九六八年，他因「民主臺灣同盟」案被捕，判刑十年。十月，以筆名許南村發表〈試論陳映真〉一文，自我剖析；並由遠景出版《第一件差事》和《將軍族》兩冊小說，復出文壇，造成轟動。

一九七五年，創社一年的「遠景出版社」繼黃春明的《鑼》和《莎喲娜啦・再見》之後，又乘勝追擊，出版王禎和的《嫁粧一牛車》（註1），加上陳映真引人矚目的兩冊小說集，藝術價值高，市場銷售佳，把「遠景」的形象推到第一線。

或許成功來得太快，「遠景」的內部，三位出資股東之間彼此有了意見，只不過一年，就鬧著分家，鄧維楨和王榮文，分別自立門戶，「遠景」成為沈登恩獨資的出版社。

一九七五年，創社二十二年的「三民書局」，終於正式掛上溥心畬手書之招牌，因三民大樓（重慶南路門市）落成，自此「三民」邁向新紀元。

一九七五年，胡金銓導演的《俠女》，在坎城影展中獲最佳攝影技術獎。

年五七九一

15

老爾雅——1975 年，爾雅在廈門街 113 巷 12 之 22 號二樓第一個辦公室大門前，隱地和僅有的兩位同仁——吳登川（左）和李惠卿合影（右）。

一九七五年，三毛開始從西屬撒哈拉加納利群島寫文章給聯合報副刊，次年，出版《撒哈拉的故事》（皇冠），從此一路爆紅。

一九七五年，關於我個人，也有幾件事，值得記錄下來：三月，與當時還在師大國文研究所讀書的鄭明娳合編《近二十年短篇小說選編目》。鄭明娳和沈謙（思兼），是我「年度短篇小說選」最早的合作夥伴。自《五十七年短篇小說選》起，連編三年，《六十年短篇小說選》即由她接棒。一九七五年，她二十五歲，就出版了第一本散文集《葫蘆，再見》（東大）；五月十二日，與洪簡靜惠、景翔成立爾雅出版社。七月二十日，首批新書五種六冊出版，爾雅叢書第一號王鼎鈞《開放的人生》，第二號琦君《三更有夢書當枕》，就像「爾雅」的兩根大梁——感謝這兩本書，更像兩位保護神，讓爾雅能在風雨中走了四十年還能繼續前進。

爾雅以第一批書的出版日——七月二十日，定為社慶日。

十一月，為中華日報副刊（蔡文甫主編）撰寫「現代人生」專欄；年底，在爾雅出版社出版《快樂的讀書人》。

一九七五年，回顧四十年前同時創業的還有「時報出版公司」（一月）、《愛書人雜誌》（一月）、《藝術家雜誌》（六月）……也是這一年的六月六日，楊弦以余光中的詩〈民歌手〉、〈車過枋寮〉等九首譜曲，在中山堂舉辦「現代民謠創作演唱會」，從此啟動校園民歌的熱潮。

一九七五年還有一些值得一提的大事，如洪建全視聽圖書館開幕，洪建全文教基金會舉辦第一屆兒童文學獎。馬景賢編的《兒童文學論著索引》，由「書評書目出版社」出版，為臺灣第一本兒童文學論著索引。國立編譯館編譯的《中國現代文學選集》英文本出版，由齊邦媛、李達三、何欣、吳奚真、余光中擔任編輯委員。中文本最初由「書評書目出版社」出版，後改由「爾雅出版社」印行。

一九七五年出版的重要小說集還有郭良蕙《團圓》、《花季》（新亞）、鍾肇政《插天山之歌》（志文）、《八角塔下》（文壇社）、小野《蛹之生》（文豪）、李篤恭《賽跑》（學術）、楊青矗《工廠人》（文皇）、季季《我的故事》（皇冠）、王令嫻《漩渦》（再興）、李昂《混聲合唱》（中華文藝）。遠景出版社為鹿橋於前一年出版強打《人子》後，又出版其長篇小說《懺情書》。

一九七五年，寫《古樹下》成名的畢珍，一連交給國家出版社，出版了三本小說集——《旦角》、《尋芳館》和《女館傳奇》。

一九七五年，中華書局為著名散文家言曦出版《言曦散文全集》。

一九七五年，小說家潘人木以各種筆名，為教育廳兒童讀物寫了《有個太陽真好》等八本兒童叢書。

一九七五年，也是詩的年代，葉維廉一年裡出版兩本詩集《野花的故事》（中外文學）和《葉維廉自選集》（志文）、羅青《神州豪俠傳》（武陵）、陳黎《廟前》（東林）、羅智成《畫冊》（鬼雨書院）、張默《無調之歌》（創世紀）、古丁《星的故事》（長歌）、涂靜怡《織虹的人》（秋水詩刊社）、王祿松《狂飆的年代》（水芙蓉）等，也都出版滿四十年。洛夫和羅門，一九七五年，黎明文化公司同時出版了他們的自選集。

軍中三傑——朱西甯、司馬中原和段彩華，黎明文化公司於一九七五年，一口氣為他們各出一本「作家自選集」。

一九七五年，顯然是有軍方背景的黎明文化公司，大張旗鼓的一年，同時也在這一年，為林海音、蔡文甫、劉枋出版了以他們名字為書名的作家自選集。

一九七五年十一月，作家彭歌赴維也納出席國際筆會第四十屆年會；大會通過，普端契特會長提名林語堂為總會副會長。會後赴倫敦，代表林語堂向會長致謝。

也是在一九七五年創辦《鵝湖月刊》的王邦雄教授，在一篇回憶一九七五年的文章（註2）裡說：「老蔣的威權統治，對臺灣新生代的成長者來說，是沉悶的低氣壓，政治領導人神格化……凌駕在政經體制與價值理念之上，似乎國家是他們家的……故成長中的一代，對千年傳統嚴重的疏離，對家國天下總是少了一個認同感與歸屬感，離開臺灣出國讀書，成了知識青年惟一的出路，這就是所謂無根的一代吧！」

而我沒有留學，政工幹校新聞系畢業後在軍中編《青溪》和《新文藝》，滿十年後退役，即進入「洪建全教育文化基金會」，開始籌劃《書評書目》雜誌的創刊，從第一期編到四十九期，從一九七二年九月到一九七七年五月，前後共四年九個月。

四十年前，三十八歲的我，創辦了爾雅出版社。

那是一九七五年，非常焦躁不安的一年，又是充滿希望的一年。

註1：王禎和的《嫁粧一牛車》，第一個版本，於一九六九年，由金字塔出版社印行。一九七五年，王禎和的第三本小說集《三春記》，由晨鐘出版社印行。

註2：原載二〇一一年九月號《印刻文學生活誌》——「民國一百年專號」頁一一六——王邦雄談《鵝湖》創刊。

二〇一五年元月三日清晨

（外一章）

我生命中每一天的清晨永遠是清醒的！

而二〇一五年元月三日的清晨，更是一記警鐘，敲醒了近日時時在作夢的我。

剛過去的二〇一四年，已連續作完兩個大夢——《小說大夢》和《出版圈圈夢》，二〇一五新年一開頭，就有四天連續假期，於是努力地想完成我第三個大夢——為爾雅創社四十年，趕快完成一本連書名都老早想好的書——「四十年是怎麼過去的？」

甚至，副題也都有了——「回憶爾雅出版社的一萬四千六百個日子」。

元旦第一天正式開工，大清早就展開了計劃中的第一章——一九七五年，這一章其實早在去年三十九周年社慶的第二天就寫了一半，但後來又為其餘諸事插隊，一擱筆，就過了半年，日子飛逝確實令人心驚。

元旦這天，碰上我農曆十一月十一日的生日，應該是去年過的，生日卻到今年的一月一日過，也真特別，中午，孩子們為我在內湖的「飯BAR」慶祝七十九歲生日。晚上回家想續寫，好像已力不從心，就又拖著一個尾巴，希望第二天接續完成。

一月二日，參加「海星詩刊社」在臺北市長官邸舉辦的「翰墨詩香」詩書聯展活動，回到家仍然無法靜下心來寫完回憶一九七五年創辦爾雅時的種種往事，心頭不覺沉重起來，夜裡睡得不好，三日清晨五時即醒，再也睡不著，腦海中始終揮之不去的，是如何在今年七月二十日四十周年社慶前，完成我計劃中要寫的一部書。

原先四十年，每年以一章計，要寫四十章，但三日清晨，頭腦突然清醒，就算一周能寫一章，到今年七月，也不到三十周，何況還要排版、校對，中間還有一個農曆年，如此這般，幾乎每隔三、五天，就要寫完一章，怎麼可能？二〇一三年，也是自己野心太大，在前一年完成了厚達四百五十頁日記《2012／隱地》的出版，又為九歌出版社編了一本「年度散文選」，超越體力的負荷，讓我掛了一隻眼睛——可謂吃盡苦頭，事隔不過兩年，難道還想讓另一隻眼睛也掛掉嗎？

還是留得青山吧，何況真要一年接一年，將四十年往事仔細回味，一一寫下，固然會有歡樂、得意，卻也必須面對許多隱痛，轉一個身吧，就以輕鬆喝下午茶的心情，隨意留下一些小品，關於大時代的刻痕，則留給歷史學家去執筆吧。

我真的要省著點使用自己的眼睛，七年後，已和許多讀友約定，還要交出日記三部曲的第三部——《2022／隱地》的出版承諾呢！

二〇一二年四月一日（星期日，陰）

習慣早起的我，總是先喝一大杯白開水，然後到院子裡仰頭和小葉欖仁說哈囉，低頭和桂花樹說哈囉，也和迎接我的新鮮空氣說哈囉！

輕輕抬起雙手，又輕輕放下雙手，我向痠痛的右肩膀說了聲對不起！用右手寫了太多字，從年輕寫到年老，至今繼續寫個不停。手、手臂和肩膀開始向我抗議。痠痛，一直痠痛，肩膀和胸窩間，永遠有一個痛點，痛得讓我皺眉，痛得讓我沮喪。特別是到了黃昏或深夜，更讓我感覺人生到頭來只是一場悲痛。

還好，還有清晨。清晨的我，總是又開始積極起來，雖然肩窩的痛點仍在。但清晨的我，會到院子裡做早操，清晨我看到的總是希望。悲觀意識不見了，自己並不需要那麼喪氣。世界多安靜，萬物都在生長，院子裡的花樹輕輕舞動，為何我要悲傷？身上的痠痛，比起許多在病床上起不來的患者，我是何等幸運，至少還能走動，還能每天把自己的所思所想寫下來，到了年底，竟然還能把日記出版成一本書。

（選自《2012／隱地》頁八九）

路

爾雅創社四十年，回憶往事，故事多到說不完，在說這些故事前，二〇一五年元月三日的聯合報「民意論壇」上剛好讀到桑品載寫的一篇〈爭取釋扁——呂秀蓮本是池畔風〉，此文勾引起我更多塵封往事，就先寫一段自己還在擔任《書評書目》總編輯時，和呂秀蓮認識的經過吧。

那應該是一九七三年秋天，桑品載已經離開《中國時報》「人間副刊」，轉往《自由日報》（即現在的《自由時報》），擔任副總編輯，而中時「人間副刊」改由高信疆接編，但呂秀蓮的「拓荒者」方塊仍繼續執筆，我覺得她筆下帶來頗多西方新觀念，而《書評書目》，除了按月出版雜誌，也增加了叢書出版，繼林柏燕的《文學探索》、楊月蓀譯的楚門卡波提《冷血》和華振之（詩人景翔的父親）的《故國神遊》，正急欲尋找新的稿件，呂秀蓮的方塊，也就成為我極力爭取的對象。

從信疆處拿到呂秀蓮的電話，知道她在行政院法規會上班，而我的辦公室在博愛路六十六號國際牌大樓，就約在博愛路上一家西餐廳見面。這就是後來她在〈跋〉文中所記：「……有人鄭重其事地以西餐『納聘』，要為我這一年的拓荒之言作嫁衣裳時，我這才意識到『吾家有女初長成』……」

呂秀蓮的新書《尋找另一扇窗》於次年三月十五日出版，書名也是我幫她想的，列入書評書目叢書之4，出書前後，至少又和她吃了四、五次西餐，我們說得很投緣，她給我的感覺是溫和又理性，彼時，一般出版社和作家簽約，拿出來的合約，完全站在出版社立場，處處讓作家占下風，我自己身為作者，就深深不以為然，如今身分一改，成了資方，而呂秀蓮正是臺大法律系出身，於是我請她站在「中性」立場，為出版人和作家擬一張公平合理的合約，她一口答應，後來書評書目和她簽的出版合約，正是出自於她的手筆，這份合約，書評書目社一直延用，我後來也將這份合約帶到爾雅，延用至今。這是一份條理清楚明白的合約，不賣弄法律知識，不在條文中處處暗藏陷阱，對作家頗為寬厚，限制很少，卻主動預付版稅。

世事多變化，轉眼到了一九七九年底，美麗島大審，我在電視畫面上也看到了呂秀蓮，和五、六年前在西餐廳面對面吃飯時的她已完全走樣，之後，她的人生路途更加奇特，從一位政治囚犯一變而為國家副元首，二〇〇〇至二〇〇八年，我們看到一位經常換穿新衣裳的副總統，還一度自創水蓮裝……

二〇〇九年三月二十五日，寫《愛的變貌》等書的作家曹又方過世，四月二十八日，曹又方的好友為她在臺北華山文化創意產業園區舉辦告別派對。

呂秀蓮擔任拓荒者出版社社長時，曹又方是出版社的總編輯，所以呂也受邀出席，並答應上台講話，由於她遲遲未出席，主持人愛亞走到位置前對我說：「待會輪到你上台」，由於是喪禮，莊嚴肅目，當我看到一堆人簇擁著呂秀蓮，就隔了一個位置坐在我的旁邊時，我也未便上前向她打招呼，當我說完話下台，發現她的位置已經空了，事後聽人說，她坐定後發現居然未請她先上台，還要等我說完話才上台，有些不高興的走人了……

從一九七四年後，中間隔了三十五年，這是我們首次見面，中間隔了一個位置，雙方眼睛都看著舞台前方，嚴格地說，我們似乎都未彼此正眼看對方，所以甚至也不能說見了面，這樣奇特的緣分，在我的人生經驗中的確少見。

也因此緣故，呂秀蓮在我生命中的印象想要磨滅，也是困難的。

路，我想到了每個人走著的路……

呂秀蓮走著一條屬於她的名校和政治之路，如果她選擇了另一條路呢？

名校、名校，哈佛名校訓練出來的兩位國家級領導人，如果不讀名校，不買名牌，或許，許多人的人生，會更單純，更快樂。

附註

一九七四年六月一日出版的第十四期《書評書目》雜誌，刊出呂秀蓮〈未雨綢繆話——出版契約的訂立〉，對於「著作權和出版權一樣嗎？」早就有了論述，至今隔了四十一年，還有一些編教科書的出版社和寫作人，仍不甚了然。

附錄

爭取釋扁

——呂秀蓮本是池畔風

桑品載

呂秀蓮為促使陳水扁出獄，以絕食向政府施壓，這個動作與陳水扁最近處境顯然不成比例。因為陳水扁看狀況最近就可出來了，連他兒子陳致中都勸呂秀蓮不必如此。但呂秀蓮不為所動。

很多人覺得她比常人多了幾根反骨。我認識她時，她好像還不到三十歲，寫婦女問題的文章，充滿凜然之氣。我那時任中國時報副刊主編，因她投稿而相識。感覺上，她端莊、有禮貌、不苟言笑，對想法則十分堅持。

她在行政院上班，在銅山街一棟公寓一樓租個邊間小房。我和她第一次見面，就在那裡。言談間她表示想寫婦女問題專欄，我當即同意。專欄名「拓荒者」，她取一個筆名叫「池畔風」。

她文筆犀利，批評不留情面，讀者反應負面較多。我接到很多信和電話，不乏話說得很難聽的。

她的知名度卻大增，很多大學請她去演講。有晚演講在臺大體育館舉行，我約了臺大教授顏元叔和胡耀恒同往。我們在群眾裡，事先沒告訴她。她說得慷慨激昂，掌聲不少。散場後我問胡耀恒評價如何?他說：「講得很好，但我家不適用。」胡耀恒妻子是美國人。

她聲名大噪，生起了推動婦運的念頭。她在杭州南路一棟公寓的二樓開咖啡館，店名「拓荒者俱樂部」，服務生都是大學女生。開幕，我去道賀，她對我說：「臺灣大學生出國留學都在國外端盤子洗碗，在國外可以，國內為什麼不可以?」

一段時間後，她為掃運取名為「婦女自覺運動」，其意謂：婦女不能做花瓶、依賴男人，首先得自覺，進而取得兩性平權。我支持她，也佩服她。

後來，她轉向投入政治，文章不寫了，我們就失去連絡。最後一次見面，是在高雄國賓飯店巧遇，其時，她是立委，是民進黨要角。她問了我一個問題：「你以外省人角度，對臺獨有什麼看法?」我說：「臺獨不是要不要的問題，是能不能、行不行的問題。若不能也不行，談要，是會出現大危險的。」之後我們再沒見面。

她在政治路上有跌撞，也有成就，但倔強如一。任副總統後，她的辦公室在四樓，陳水扁在三樓，她和總統不睦，自稱「怨婦」。陳水扁則說：「呂副總統不是性別問題，是性格問題。」那時去過總統府的人都覺得三、四樓之間空間稀薄，嗅到一股怨氣。

副總統卸任後，她似諸事不順，辦報紙沒銷路，選黨主席、黨內總統初選都落敗，甚至連選九合一選舉想參選臺北市長也未如願。偶爾出現，總覺她怨氣滿面，但鬥志仍高昂。

爭取釋放陳水扁，依我看，乃是她為自己創造政治條件的好機會。目前綠營中扁迷未散，更有凝聚之勢，當民進黨對阿扁之罪承認與不承認模稜不定之際，而蔡英文能不談就不談，呂秀蓮的大動作便產生了吸納功能。如此，她就會成為民進黨的另一個太陽。

「吹皺一池春水，干卿底事。」池中春水未必有大能量，但呂秀蓮仍是池畔風，吹不停。

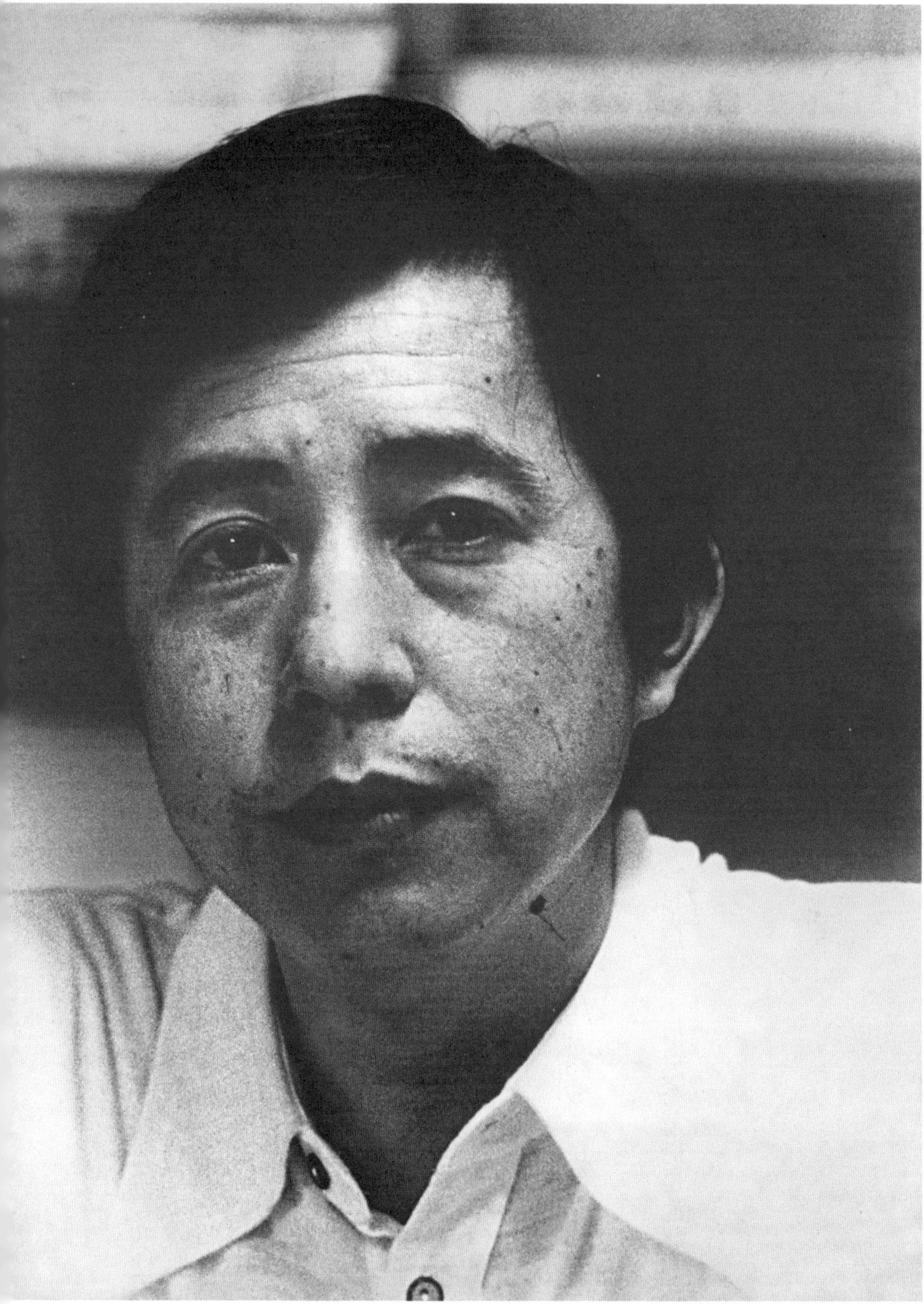

（民國六十六）年，隱地攝於老爾雅。（王百祿攝影）

爾雅第一年的另外幾件事

一九七五年五月十二日，爾雅出版社正式成立。我出資新臺幣十五萬元，洪簡靜惠出資九萬元，華景彊出資六萬元，合計資本叁拾萬元。社址為臺北市北投區公館街二十九之三號（新光別墅三棟二樓）。

是日，刻牛角社印。

爾雅的名字是覃雲生取的。覃雲生，一九五三年生，廣西上林人，藝專（國立臺灣藝術大學）影劇科畢業，曾任「書評書目」編輯，《時報周刊》編輯、企劃主任。酷愛攝影，爾雅中期，將近有一〇〇種書，封面均為覃雲生作品，其中詩選集《剪成碧玉葉層層》一書封面，曾獲金鼎獎「最佳封面設計獎」。覃雲生現任飛碟廣播公司副總經理。

五月三十日　爾雅出版社第一次發薪水，因工作人員僅景翔和我，彼時景翔還在中華電腦公司上班，我也繼續在領《書評書目》的薪水，所以兩人為節省爾雅成本，僅各領車馬費二千元。

七月七日　劃撥儲金開戶，並開始至金門街三十支局租用三〇——一九〇信箱至今。這個信箱已經租用了四十年。

七月十七日　在中華日報刊登全十批創業新書預約廣告（南部版刊第一版，北部版刊第九版）。因當時《開放的人生》係以「人生金丹」專欄在華副闢專欄刊出，故選定在中華日報刊登大廣告。結果預約冊數四千冊，造成空前絕後的記錄。

七月二十日　爾雅叢書首批五種六冊出版，分別為王鼎鈞《開放的人生》；琦君《三更有夢書當枕》；于墨《靠在冷牆上》；程榕寧《我是柏林過客》；景翔譯《他們》（*Them*, by: Joyce Carol Oates）（上下冊，《他們》後來改名《雲泥》）。首批叢書由協林印書館排版、印刷。發行業務，委託「遠景出版社」總經銷。並以第一批書出版日，定為社慶日。

《開放的人生》是爾雅出版社最暢銷也是最長銷的書。此書，最初在中華副刊（蔡文甫主編）刊出時，就有七、八家出版社爭取出書，鼎公考慮再三，交給了當時正欲創業的我，有了這本書，才放心去登記了個出版社。

結果，光是預約，《開放的人生》就創下了四千冊空前絕後的記錄。書尚未出版，就先收到了四千本的書款，現在聽來，有點不可思議。

如今，「新書預約」早已成為歷史名詞。

《開放的人生》出版四十年來，許多當年讀它的孩子如今已是社會菁英。這本書父傳子，兄傳弟，老師推薦給學生，學長介紹給學弟學妹，可以說，《開放的人生》是一本使我們「成長」的書，也是一本給我們「智慧」的書。

首批爾雅叢書中還有一本鼎鼎大名的書——琦君的《三更有夢書當枕》，《三更》的出版，同樣也有說不盡的故事。封面上的那些線裝書和那盞燈，都是鄭明娳陪我到她朋友家借來的，攝影家王信，為了拍這張封面，走了許多路。

思果形容琦君的書是「落花一片天上來」；亮軒則說：「琦君文章像流不盡的菩薩泉。」《幸福的角落》作者林保寶，至今仍懷念青年時期家裡客廳茶几上放著的《三更》，只要想到那本書，一股暖意就會湧上心頭。

十二月二十五日　出版第二批叢書，分別為景翔譯《超級巨星——十六位現代導演訪問記》；邱慧璋譯納布可夫小說《愚昧人生》；吳友詩著《人生座右銘》，以及我在爾雅的第一本書《快樂的讀書人》等四種。

1996 年，純文學出版社主人林海音於重慶南路三段 30 號辦公室和隱地合影。

2010 年，隱地榮獲 98 年散文選「年度散文獎」，與九歌主人蔡文甫合影。

「五小」和不和？

「五小」出版社——

「五小」的「小」，係相對「聯經」、「時報」等資金雄厚的大出版公司而言。一、純文學出版社創辦於一九六八年，發行人林海音每年僅出十多本書，一九九五年結束業務。二、大地出版社創辦於一九七二年十月，發行人姚宜瑛。該社出版過席慕蓉的代表作《七里香》、《無怨的青春》，余光中的詩集《白玉苦瓜》。一九九九年，「大地」由他人接辦。三、爾雅出版社創辦於一九七五年七月，發行人隱地。該社每年出書二十多種。「純文學」停業後，「爾雅」便成了「五小」出版業最活躍的一支勁旅。四、洪範書店創辦於一九七六年八月，由瘂弦、楊牧、沈燕士、葉步榮等人發起。該社以出高雅的嚴肅文學為己任。五、九歌出版社成立於一九七八年三月，發行人蔡文甫出版的書多次獲臺灣的各類獎項。極具文學史料價值的是余光中任總編輯的《中華現代文學大系》「臺灣：一九七〇—一九八九」、「臺灣一九八九—二〇〇三」。

以上是大陸作家古遠清發表在二〇一四年十二月出版第三十期《新地文學》季刊上的一段文章，這是他《當代臺灣文學辭曲》一部分的稿件，以〈臺灣文壇六十年來文學現象掠影〉為題，在《新地》刊出。

由於是以辭條方式呈現，單就排序二十一的「五小」，論點尚稱平實，但寫「史」不可道聽塗說，以訛傳訛。七〇年代，報紙是主流，家家戶戶都訂報，而訂報不是《聯合報》就是《中國時報》，當時號稱兩大王國，簡稱「兩大」，而此處的「兩大」，更清楚的說，指的是兩大報的副刊，因當時新聞管制嚴格，報紙內容大同小異，反而副刊競爭激烈，高信疆和瘂弦年代的副刊，人人爭讀。而出版方面，影響力巨大的文星書店結束之後，代之而起的是五家文學出版社——純文學、大地、爾雅、洪範、九歌，規模雖小，由於所出書籍普遍受到社會大眾歡迎，且影響力深遠，作家間因而流傳「文章發表要上兩大（報），出書則找五小」的說法。

五家同性質的文學出版社，負責人均具作家身分，且出書都以詩、散文、小說為主，如此相似的出版社，說來業務競爭一定激烈，怎麼可能五家出版社的老闆經常像朋友般的聚餐，且時時在一起聊天，還組團到國外旅遊，在商場如戰場的一般理念下，頗讓大家意外，也成為文壇佳話。

而這其中有一關鍵靈魂人物，她就是家喻戶曉《城南舊書》一書的作者，人人尊敬，人稱——林先生的著名作家——林海音。

因為林先生，她把我們拉在一起。在我們五人中，她人最矮，卻是我們共同的最高精神領袖。五家出版社，凡事以林先生說了算，因為有林先生在，我們從一九八四年起前後至少超過十年，每個月都在仁愛路福華飯店中庭吃早餐，慢慢大家年歲大了，早晨不那麼容易起得來，就改成中午聚餐，後來林先生玉體違和，行動不太方便，我們將聚會地點改到逸仙路她家附近的一家西餐廳，吃過飯後再到她家，由夏伯伯（何凡）幫我們泡茶，大家仍然圍在她身邊，說著書店和出版業的種種現況。

一九八九年，九歌請余光中、齊邦媛、張曉風等編《中華現代文學大系》，由於牽涉到作品轉載以及保密諸問題，五家出版社開始出現雜音，不久高信疆編《證嚴法師靜思錄》，原先要找五家聯合出版，中間陰差陽錯變成獨家出版，從此「團結力量」受到衝突，多少也影響到五家友情。甚至一九九四年，爾雅結束「年度短篇小說選」，和九歌接續之間也多少擦出了些許「相互誤解」的火花——好在如今都隨著我主動為九歌編了一冊《二〇〇一年度散文選》而煙消霧散了。

「五小」最初定期聚會，都選在福華飯店一樓中庭，時為早餐時代，左起「純文學」林海音、「大地」姚宜瑛、「爾雅」隱地、「洪範」葉步榮、「九歌」蔡文甫（右）和特別來賓「遠流」王榮文（右二）。（張佑維提供）

歐陽子，重返記憶邊界

這是《印刻文學生活誌》二〇一五年元月號封面上為「歐陽子專輯」下的注目標題。

「歐陽子專輯」共收七篇重要文章，包括歐陽子自己的四萬字散文〈日本童年的回憶〉；白先勇談歐陽子〈內心祕密的洞察者〉（蔡俊傑採訪、整理）；歐陽子答編輯室〈記憶．緣分．歸屬〉；陳芳明〈歐陽子的細讀實踐〉；季季〈灰衣婦人來訪之後的一些事——關於歐陽子的小說為什麼那麼少〉；邱貴芬〈歐陽子與臺灣文學的「可能」〉；黎湘萍〈臺灣文學的革命者——重讀歐陽子的小說與評論〉。

如此大陣仗的七篇文章，全方位談論歐陽子這個人以及她的小說《秋葉》和評論集《王謝堂前的燕子》，何況，季季的文章，還於元月五日，於中國時報人間副刊以醒目頭題刊出，照理，五日當天，歐陽子在爾雅印行的四本書，就會有不停地訂書叫書電話或傳真，我還特別要爾雅發行經理趙燕倡主動和誠品、金石堂、博客來等大書店聯繫，把中國時報和印刻上的各類資訊傳給他們，希望這些大書店能配合添書，一個禮拜過去了，我問趙經理，得到的是讓我失望的回答——歐陽子的書，如往常一樣，只有《王謝堂前的燕子》慢慢每周流動三、五本，至於短篇小說集《秋葉》、散文集《移植的櫻花》和評論集《跋涉山水歷史間——賞讀《文化苦旅》》均無異動——這和一九七六年，三毛在聯合報副刊上，為張拓蕪的《代馬輸卒手記》寫了一千多字的讀後——〈張拓蕪的傳奇〉，三天內，《代馬》一書立即多賣了二千冊，可見報章雜誌的魅力，已完全不敵手機和新科技產品，如今的人不讀報紙、不看雜誌，只在網路上滑來滑去，寫個簡訊或Line一下，剩下時間不多，也就顧不得誰評了誰的文章，書這麼多，誰還去記一本書的書名。

一九三九年生於日本廣島，原籍臺灣草屯人的歐陽子，本名洪智惠，就讀臺大外文系時，與同班同學白先勇、王文興、陳若曦等人，創辦《現代文學》雜誌，一九六七年，白先勇和王文興，分別在文星書店出版《謫仙記》和《龍天樓》，歐陽子也出了一本《那長頭髮的女孩》（就是後來一再改寫的《秋葉》），《秋葉》至少有四個版本，除了文星和爾雅，還有晨鐘和大林的版本，大林版本未經作者授權，應該是擅自翻印文星版本。文星書店名氣響亮，但因早年採賣斷版權，書店因政治因素被迫關門後，文星叢刊的版權被賣來賣去，亂了好幾十年，一些作家吃盡苦頭，甚至有些作家雖購買回版權，原先的版本，仍在坊間流竄。

歐陽子是最講究用詞遣句的作家，她「準確」的運用每一個中國文字。從老師夏濟安教授處習得「新批評」方法，甚有耐心的「對文學文本進行細緻的肌理的剖析。在這個意義上，歐陽子的《王謝堂

這也是林海音家的客廳嗎？完全沒有記憶的一餐飯。左起林文月、夏祖麗、歐陽子、隱地。又彷彿是在琦君金華街七〇年代的家裡，記憶可怕，真的記不得了。

前的燕子》才更顯出它的積極的文學鑑賞與小說美學的意義」（註）。

大陸著名文學批評家黎湘萍不僅對歐陽子的小說評論推崇有加，對她的心理分析小說亦讚不絕口，他說：「歐陽子的系列作品，將循規蹈矩、溫良敦厚的人們內心深處的驚濤駭浪用冷靜、反諷的同時又充滿同情悲憫的筆法戲劇般地『呈現』了出來……她的小說和評論，穩穩奠定了她在現代文學史上和批評史上的地位。」

算一算，我和歐陽子通信認識至少已超過四十年，一九七五年二月，她論《臺北人》的一系列評文，就是在我主編的《書評書目》上連載刊出，我創辦爾雅，她於次年四月交給我出版，書名《王謝堂前的燕子》，一本書評，印了三十九年，還在續印，至今已銷十五印，可謂長命書了。

歐陽子是最溫和的人，她的短篇小說集《秋葉》，由於銷路不佳，中間斷版了十二年，她從未向我抱怨，倒是她的老友白先勇有些看不過去，希望我能繼續讓想讀此書的讀者買得到，二〇一三年，爾雅為《秋葉》換了新裝，二十五開本，二六五頁，親愛的讀者啊，說了這麼多，你還要錯過這本經典小說集嗎？

註：引自黎湘萍論文〈臺灣文學的革命者——重讀歐陽子的小說與評論〉。

邱楠・言曦和《世緣瑣記》

說到爾雅的斷版書，第一本該想到的是，言曦的《世緣瑣記》。

現在說言曦，可能沒幾人知道了，但如果將時間往前推四十年，也就是一九七五年前後，言曦是著名的散文家，他剛在中華書局出版《言曦散文全集》，同時還為中華書局翻譯了羅素的《西洋哲學史》，接著又在當時最受歡迎的《中央日報》副刊翻譯西塞羅〈論老年〉，以審稿嚴格出名的孫如陵，還特例採用他翻譯的毛姆長篇小說《愛的征服》，而《中國時報》「人間副刊」和《中華日報》都競相刊載他的散文，真可謂紅得發紫，再仔細研究此公，原來他就是邱楠，說起邱楠，再往前推二、三十年——一九五七年，他自美國波士頓大學學成歸國，並為波士頓調頻電台撰播遠東問題評論英文稿，擔任中廣公司節目部主任，成為中廣有膽有識的改革家；大大地提高了節目的收聽率。那時作家王鼎鈞也在中廣服務，他在二〇〇九年出版的《文學江湖》

一書中說：「我執行邱楠的政策，自動寫了無數的文章，誇述節目主持人的優點和成就，大大提高了明星的知名度。那年代，我對職業最忠誠，對命令最服從，對同事最配合，五十年後，我縷述他的成就，紀念我的鴻蒙歲月。

用今天的語言敘述，我是邱楠工作團隊中的一員……」（見《文學江湖》頁二〇一—二〇二）

言曦，江西南昌人，一九一六年生，一九七九年逝世，享年六十三歲。

他的《世緣瑣記》編入爾雅叢書二十八號，一九七七年出版，三十二開本，一七九頁，共收〈伴〉、〈子〉、〈姊〉、〈媳〉、〈長〉、〈友〉六篇主要散文以及幾篇附錄。散文家歸人（黃守誠，一九二八—二〇一二）對言曦的《世緣瑣記》讚譽為「完美的傳記文學」——「他以引人入勝的誠懇筆觸，使其親人的生命，淋漓畢現於毫端。」

正如歸人所說：「有些作品，雖已閱讀過許多次，一旦重新捧覽，依舊不忍釋手；不自主的會感嘆交加。若不幸失落，你會一直引以為憾。丘言曦先生的著述，便具此項魔力。」

而我是言曦《世緣瑣記》的出版人，卻讓這麼好的作品絕版了，說來真是汗顏。

這次四十年回顧，重讀爾雅叢書，當讀到言曦《世緣瑣記》中的〈友〉，除了不相信自己的眼力，更不相信自己的記憶力，竟然已完全忘記言曦筆下這位最真摯朋友——詩人樂恕人。

這真是一篇最最蕩氣迴腸的文章，散文中藏著小說，明明是真人真事，讀起來讓人覺得比小說還小說，可以改編成劇本，更應該搬上銀幕。

樂恕人，詩人，一九一七年生，四川成都人，二〇〇七年去世，比言曦多活了二十六年。

「樂恕人是中國第一位戰地記者，也是當年唯一現場採訪歐戰結束後德國紐倫堡大審的中國人。因搶發『日軍偷襲珍珠港』的新聞，意外獲路透社聘用，隨軍採訪印緬戰役。」（見《二〇〇七台灣作家作品目錄》）。

敲警鐘的人

只有演戲的人，
已經沒有看戲的人。

《出版圈圈夢》出版後，有一天，在電話中，不知怎麼又和朋友談到了「出版」這一塊。

朋友含蓄地說：「……不過，最近我聽到有人說，隱地好像太悲觀了……」

因看了《出版圈圈夢》就覺得我是悲觀的人，我立刻拉高了聲音：「不，你必須對朋友說，我一點也不悲觀，相反的，我是一個最積極的人，而且，我更是一個敲警鐘的人，只因為職業的緣故，站在最前線，每天看到書本進進出出，如今書店一家接一家關門，我們的城市已經快沒有書店了，於是我出書時，特地選了朱德庸的漫畫做封面——報告，我們已經把世界上最後一本書消滅了。以如此誇大的口氣提醒世人，代表人類智慧象徵的『書』——就要被網際網路和手機消滅，這時我向世人敲起警鐘，怎可說我悲觀，我反而要說，你的朋友對社會觸覺的敏銳度可能出現了問題……」

「你說書店一家家關閉，那我要請問，二手書店一家接一家地開幕，連我們家附近的巷子裡也出現了開得美輪美奐的二手書店，這又代表什麼訊息……」

「對我們從事出版的人來說，那是另一個惡夢。因為二手書店的書，都是從各個家庭裡丟出來……你知道這又是一種新的革命，我們以前是屬於不丟書的一代，總覺得書要珍藏，一代傳給一代，可到了最近七、八年，人們觀念開始改變，覺得再不把書丟掉，連人也快沒地方住了。二手書店以一折的成本收購從家庭裡丟出來的書，甚至，有些年輕的一代，完全沒有看書的習慣，看到自己的父母終於走了，於是跑到附近的二手書店，請求書店的人趕快把家裡的書全部搬走，只要有人肯搬走，完全免費贈送。有了二手書店的半價書，不打折的新書從此更無人問津。一般書店也就只好收攤了。這三、五年，請問，你可聽到任何一條大街，還有新的書店開張嗎？」

一個沒有書店的城市，對有些從小逛書店長大的孩子，是不可思議的，但對現代的年輕人來說，一點也不覺得有何遺憾。我又要向大家敲一次警鐘了，再過三、五年，除了二手書店還繼續存在，一般書店會繼續減少，減少到，有一天你驀然回首，真想尋找一家書店，你會驚醒，怎麼，真的再也找不到一家書店了。

據說，臺北城南是一個文化區，附近還圍著一座堂堂國立師範大學，但是請你去找一找周圍可有什麼像樣書店？

「原來如此，世界真的改變太快，那麼，隱地兄，請你用一句話，形容目前的臺灣出版行業……」

「不是世界改變得太快，是臺灣改變得太奇怪，整個歐洲或美洲，人們仍緩慢的過著老日子，只有我們臺灣，手機和臉書等科技產品，人們的擁有率都是跑在前面，歐洲許多國家，特別是法國人都繼續在閱讀紙本書，我們的小學生，紙和筆都不碰了，個個都是滑來滑去的科技小達人——不接觸紙本書的一代，不會寫字的一代……你要我用一句話形容我們的出版業，我就這麼說吧，只有演戲的人，已經沒有看戲的人……人人都在自己的部落格上寫下每日心情，不停的等待有人來按讚，這就是我們目前活著的年代。」

友誼之舟

人間如果沒有友誼，就如同從天上摘去了太陽。

——西塞羅

言曦寫〈友〉，一開始就引了西塞羅的話，接著他說：

一個人可能一輩子沒有妻子兒女，但不可能一輩子沒有一個朋友。真正的朋友必「超然物外」，和現實的功利不發生任何直接關係，而祇是兩個具有類似氣質的心靈的相互吸引與聯合。這在人生際遇中，也未可多得。不要隨便把人都當「朋友」：事業上的合作者可以稱為「同夥關係」（partnership），但不一定產生友誼，每每利盡而交疏；莫逆於酒食徵逐之場者，最多可以稱為「結伴關係」（companionship）又每每與倦則情薄。世緣之中，聚散無常，夫婦可以仳離，但真正的朋友則不可能絕交。朋友甚至可以承受你的譴責而無所芥蒂，有時真像你的稚年兒女，你今天把他痛罵一頓，第二天還是和你很「親」。

編入爾雅叢書二十六號的是一本薄薄的小冊子——只有一一八頁，王壽來譯的《友誼之舟》，這本書裡，最讓我念念不忘的是其中一篇小品〈友情的修補〉：

「先生，一個人是應該經常去修補他的友誼的。」

作者在引了約翰生的這句話後，不時地懷疑，難道說友情是一件可以用鐵錘和釘子去修理的東西嗎？「友情」怎可任意「加工」？

我們每個人都知道朋友的重要，但沒有人能否認，「友情」是最最無法捉摸的東西，一不經意，不知何時，我們已經失去了朋友。

隨著馬齒徒長，至少我們可以逐漸體會，那些所謂自己有很多朋友的人，其實是沒什麼朋友的人。真正的好朋友，一生能有三、五知己，已屬難得。大多數的朋友，都是「夢一場」——或曰「黃粱一夢」，一般稱之為緣——緣起緣滅。一生裡，我們總是一面交新朋友，也一面失去老朋友，好像月亮升起，太陽西沉。世間有沒有理所當然的友情?這端看你個人的修為，個人的福氣，像歷史上的管鮑之交，像言曦和樂恕人這樣的友誼，一般人想求得，並非易事。

在爾雅四十年，我的確交過不少朋友，也自認是朋友頗多的人，但四十年後仔細回想，似乎是自己高估了，或許有些朋友，無意間我得罪了他們，總之如今還來來往往的，比熱鬧的時候冷清了許多。

冷清是正常的，大自然有春夏秋冬，我們每個人也都有過一段鼎盛的春秋年華，誰能永遠將暮冬擋在門外？

我不是要寫四十年是怎麼過去的嗎？這一短章！我到底想說什麼？還是在隱瞞什麼？

啊，無非又犯了文人最最無聊的「傷春悲秋」的風花雪月之病罷了。

回過頭來，再說《友誼之舟》這本書吧，它已絕版幾十年，現在拿起來重讀，它是一冊很普遍的小冊子，但曾經也在市面上流傳頗廣，一九八五年，爾雅又為王壽來出版了他的另一譯著《智慧語》——編入爾雅叢書一六七號，早已斷版，如今恐怕只有我的書架上才找得到。

不管「友誼之舟」是不是書名，我喜歡這四個字——多美的意象，「友誼」，像一葉小舟，在湖上滑行，如果舟上還傳出三、五友人的笑聲，試想在天光雲影，一船快樂的笑聲，是人間多麼美麗的圖畫。

出現與消失

何其有幸，從小因愛讀文藝小說，自「文藝少年」、「文藝青年」起，腦海中永遠浮現一些作家的名字，想不到在我後來的生命中，奇蹟似地，這些作家竟一一出現在我面前，而且其中好多位，還讓我成為他們的出版人。

最不可思議的是，民國四十三年前後，我寧波西街家中的客廳茶几上不知怎麼放著一本《海燕集》，那時我還在新莊實驗中學唸初中，一本不知從何而來的書，開啟了我閱讀文藝的幼苗，書中許多如雷貫耳的大作家如張秀亞、林海音、琦君、艾雯、潘人木、劉枋、郭良蕙……在往後的歲月裡一一出現在我面前，成為我生命中一段段奇遇，而她們的代表作如：《北窗下》、《城南舊事》、《桂花雨》、《青春篇》、《蓮漪表妹》、《台北的女人》、《小蝴蝶與半袋麵》……在不同年代，成為一本又一本的爾雅叢書。生命多麼神奇，單就和每一位我仰慕的作家認識的經過以及後來互

2002 年，（右起）歸人、姚宜瑛、王書川、隱地，合影於張秀亞教授追思紀念會（陳文發攝影）。

動的故事和細節，都在在讓我覺得自己是個幸運的人。要不是我的職業，怎麼可能和這麼多大作家有接觸的機會。

還有徐訏、紀弦、司馬桑敦、朱介凡、王書川……寫下他們的名字，我會想到，曾經陪徐訏先生到南昌街同德堂中藥舖抓藥；曾經和紀弦漫步舊金山街頭；曾經，到愛國西路「自由之家」拜訪司馬桑敦夫婦；曾經，朱介凡老先生推了一籃稿件到爾雅辦公室找我；曾經，和王書川先生在東區咖啡館喝下午茶……而今他們一個個留下了書，瀟灑的像一片雲，消失於人間……

附錄

寂寞

——悼徐訏

早晨讀《國語日報》的「文化圈」，短短幾行字，我幾乎不能相信：寫了一生的作家徐訏已經病逝了。趕快翻閱其他的報紙，卻隻字未提，這使我想起上次作家胡汝森之死，也一樣毫未引人注意。

開車上班途中，聽羅蘭的「安全島」，談的是老人和養老院問題，她說工業社會和農業社會不一樣，以前可以靠親屬和其他關係使人幫助你，現在則要靠金錢。各行各業都有專業人員，他們可以解決我們的困難，但是必須收費。

「感慨人生現實是沒有用的，環境和以前不一樣了。」

我又轉到中廣調頻台，是侯麗芳主持的「歌星之歌」，歌聲如花，音揚悅耳，而車子由中山北路駛入中山南路，兩側綠樹紅花，陽光普照大地，車如流水人如龍，大家都在趕著人生的路，而我只感到寂寞。

在歌聲裡，在歡唱的歌聲裡，我格外想不透現代人都在忙些什麼。兩個月前，徐訏先生來臺北，打電話給我，約我在自由之家喝咖啡。後來他坐著淡江黃美序先生開的老爺車說要上山看看，據他告訴我，他就要退休了，想到臺灣來教書。想不到還沒等他到淡江，卻已離開了人世。

胡汝森和徐訏是兩位我一向敬仰的前輩作家。特別是徐訏先生，青少年時期，他絕大部分的作品，我都讀過，我從來沒有想到，自己竟然有機會認識他。十八、九年前，曾和徐先生通過幾封信，真正見到他，是兩年前隨著作權人協會參加香港書展，在酒會上匆匆見了一面。第一次和他聚談，也是在自由之家，說實在話，我有點失望，他沒有我想像中的瀟灑，談得也並不順暢並不盡興，他看起來只是一個普普通通的老人，和別人不一樣的，只是背著一個香港式的嬉皮袋，使人一看就猜想到他是外地的旅客。微微駝著背，經常咳嗽，他說一到臺北，他就得了感冒。後來我陪他到南昌街同德堂中藥舖去抓藥，過了兩天，他好了些，我約他在希爾頓二樓喝咖啡，這次我們整整談了一個下午，他很感嘆時下一些所謂海外學人的作風，不在本行上努力，卻拚命推銷自己，以提高知名度。但他為人忠厚，批評別人都是點到為止，顯然他不願意傷人。不過在談話間，我感到他是一個孤獨的人，不只在臺北孤獨，在香港也孤獨。對於他的過去，對我來說，至今是一個謎，他不願意說得太多。他早年曾在歐洲居住，他的小說又甚有異國情調，通常，一般人喜歡說自己在外國的生活，他卻三言兩語的咿唔過去，要不是我讀過他的作品，知道他的一些輝煌歷史，否則你無法相信他就是徐訏。我一直希望他退休後寫他自己的傳記，而他說：「寫傳記是大人物的事；」「我現在還想寫許多別的東西，就是寫自傳，現在還太早！」

昨天我拿到袁瓊瓊的一本稿子《紅塵心事》，我像發現天才一樣的驚喜不已，可是她說：「我已整整寫了七年。」七年來，並不是我不知道袁瓊瓊的名字，而是沒有特別注意她。在我們周圍多的是成就非凡卻寂寞孤獨的人。每個人趕早趕晚，都在人生的旅途上奔波，自顧而不暇，對於別人的努力和成就，對於一個英雄的倒下，都未能付出應有的鼓掌和同情。悲傷的人在悲傷，歡唱的人在歡唱，彼此互不關心，也許是我們看戲看得太多了，電影電視，悲劇喜劇，喜劇悲劇，大家早已麻木，就說不看戲的人吧，在人生舞台上，在街頭巷尾，真槍實彈，鮮血淋漓的戲我們也看得太多了，火燒、水災、車禍，那一件不是肝腸寸斷，高潮迭起，所以人世間的生離死別也就看得輕了，看得淡了，而人如蟲如蟻的生下來，多一個少一個也就不以為意了，可是，人生變得這麼沒有價值，努力一輩子，又為的什麼？難怪有人醉生夢死，今朝有酒今朝醉。

而我只是覺得寂寞。在艷陽裡，在歌聲中，在一條車龍尾，我是寂寞的群眾……

原載《徐訏二三事》（一九八〇年）

附錄

作者　書名　出版年月

艾雯　青春篇（民國四十年四月，啟文出版社；民國七十七年八月，爾雅叢書16）

司馬桑敦　愛荷華秋深了（民國六十六年七月，爾雅叢書29）

金仲達編　野馬停蹄——司馬桑敦紀念集（民國七十一年五月，爾雅叢書113）

王書川　緣與願（民國八十三年十二月，爾雅叢書26）

王書川　落拓江湖（民國九十年十二月，爾雅叢書366）

郭良蕙　台北的女人（民國六十九年四月，爾雅叢書65）

郭良蕙　格蘭道爾的早餐（過客）（民國六十九年七月、民國七十四年六月，爾雅叢書75）

陳乃欣等　徐訏二三事（民國六十九年十月，爾雅叢書79）

林海音　城南舊事（民國四十九年，光啟出版社；民國五十八年，純文學出版社；民國七十二年六月，爾雅叢書131）

林海音　靜靜的聽（民國八十五年六月，爾雅叢書198）

潘人木　蓮漪表妹（民國四十年一月，文藝創作出版社；民國七十四年十一月，純文學出版社；民國九十年四月，爾雅叢書362）

張秀亞　三色堇（民國四十一年，重光出版社；民國七十八年八月，爾雅叢書98）

張秀亞　北窗下（民國五十一年，光啟出版社；民國九十四年十月，爾雅叢書443）

劉　枋　小蝴蝶與半袋麵（民國五十八年，立志出版社；民國九十三年八月，爾雅叢書424）

姚宜瑛　十六棵玫瑰（民國九十二年十月，爾雅叢書403）

余之良　番戲（民國七十九年十一月，爾雅叢書67）

余之良　我向南逃（民國九十一年二月，爾雅叢書67）

註：為何《番戲》和《我向南逃》均為爾雅叢書67號？這是爾雅主人隱地編輯生涯中令他頗為遺憾的一項措施。當一本書斷版後，以另一本新書取代，當時的想法是，這樣擺在書架上就沒有缺號的問題，殊不知，因此造成後來讀友藏書發生重號的困擾，可見天下事，有時似乎解決了眼前的問題，卻也帶來新的問題。

一九八五年

一九八五年，「十信案」爆發。具立委身分的負責人蔡辰洲於三月被捕。經濟部長徐立德因十信案辭職，八月財政部長陸潤康引咎辭職。

受到金融風暴衝擊，國泰美術館於七月結束營業。

一九八五年，「著作權法」修正，改採創作保護主義，作品一完成即享有著作權。

一九八五年，臺北世貿大樓落成。

一九八五年，臺北地院宣判，「江南案」被告陳啟禮、吳敦、汪希苓判處無期徒刑。

一九八五年六月，以提昇國文教學為目標的《國文天地》創刊，這本雜誌至今仍續辦中。

一九八五年，小說家阮慶岳，在美國費城拿到建築碩士學位，他說：「一九八五年那時的美國，英雄般的雷根連任了總統，共和黨的聲勢貫穿整個八〇年代，愛滋病悄悄地蔓延著，人人自危。而更嚴重的是，那曾經輝煌過六〇年代的夢與愛逐漸離去……」

一九八五年十一月，作家陳映真召集文化界人士，創辦《人間》雜誌。

一九八五年，著名作家楊逵、古龍、唐魯遜、喜劇演員許不了病逝。

一九八五年十二月一日，試辦將近三年的電影分級制正式上路，依影片內容分成普遍級和限制級，後又修正，改為四級。

一九八五年五月二十八日，原陽明山仰德大道林語堂故居，正式以「林語堂紀念圖書館」開幕。

一九八五年，寫《北大荒》的梅濟民，自印長篇小說《戰場日記》出版。

一九八五年，詩人梅新的《梅新自選集》，由黎明文化公司出版。

一九八五年，袁瓊瓊短篇小說集《滄桑》，由洪範書店出版。

一九八五年，三十二歲的林文義，寫散文之外，也畫漫畫，《哪吒鬧東海》由臺灣省政府教育廳印行；《三國演義》由宇宙光出版社印行；散文集《塵緣》由林白出版社印行。

一九八五年，許達然散文集《人行道》、琦君散文集《此處有仙桃》分別在新地和九歌出版，無名氏則在黎明文化公司出版《我站在金門望大陸》。

一九八五年一月，蔣勳在爾雅出版的新書《萍水相逢》，榮獲第八屆「時報文學獎」推薦獎。

一九八五年七月二十日，爾雅出版社成立十周年社慶，與位於重慶南路的「金石堂」合作舉辦全面展售爾雅十年間所出的二百種書籍，並舉辦酒會。來賓贈送由向陽主編的十周年紀念叢書《人生船》，同時舉辦兩場演講，七月二十四日，由隱地主講——「人啊人」；七月三十一日，蔣勳主講——「萍水相逢——生命的偶然與意外」。

一九八五年六月二十日，爾雅出版

1985 年，爾雅創社十周年，隱地攝於同一條巷的新爾雅——113 巷 33 之 1 號大門前。

《龍應台評小說》。這是龍應台的第一本書，至今已印二十二刷。二〇〇九年，國共內戰一甲子，龍應台的《大江大河一九四九》，再度成為最熱門的「時代之書」——與齊邦媛《巨流河》、王鼎鈞《關山奪路》，成為「一九四九」三稜鏡。

也是一九八五年，「爾雅」在九月出版了席慕蓉的散文《寫給幸福》，此書共印了三十七版；席慕蓉另一冊《成長的痕跡》更好銷，前後共印六十九版。十一月，又出版了愛亞的長篇小說《曾經》，一印再印，共印四十四版。《曾經》的暢銷，引來一陣「愛亞熱」——《曾經》之後的《給年輕的你》、《給成長的你》、《有時星星亮》，幾乎本本暢銷。將近十年，愛亞的書，成為成長中的年輕人必讀之書。王鼎鈞讀出愛亞小說的秘密——「她是在寫成長。成長是一件大事。成長是一連串爆炸，是一種驚濤駭浪，當血齒從牙肉裏鑽出來，就造成一陣山崩地裂。我們都曾『那年十歲』，都曾經有過成長的震撼，愛亞把我們遺失了的主觀經驗尋回來。」

除了寫「成長」，愛亞的極短篇也赫赫有名，幾乎所有寫極短篇的人都讀過她的〈打電話〉，〈打電話〉如今已打進國文教科書，研究極短篇的學者，也要先從〈打電話〉談起。

一九八五年，爾雅「年度詩選」進入第四集，由當時還是雙月刊的《文訊》總編輯李瑞騰，擔任輪值主編，他編的《七十四年詩選》，三十二開，三九四頁，會這麼厚的原因，是加了一百多頁的資料，包括鐘麗慧寫的〈詩壇大事記〉二十二頁，陳信元的〈詩集出版〉三十二頁，以及陳慧玲的〈詩刊出版〉十五頁。

更破前例的，李瑞騰還在《七十四年詩選》中請何聖芬作了一篇〈新詩作品發表調查報告〉，居然也占了二十二頁，如此龐大的附錄，完全忘記市場和銷路，把一本詩集編得像「學術研究」和「政府簡報」，使得這本詩集成為爾雅十本「年度詩選」中銷路最差的一本，也連累了往後「年度詩集」的銷路，從此一厥不振，我忍到「年度詩選」第十集出版，終於喊停。

但是若不以成敗論英雄，《七十四年詩選》的出版，並非完全沒有意義。如今隔了三十年，重新將這本超厚的詩集握在手裡，發現它留下了許多歷史價值，單就詩集本身，佳作如林，如紀弦的〈宇宙論〉、羅葉的〈裁縫〉、陳芳明（陳嘉農）的〈初雪〉、曾淑美的〈飛行〉……均為詩中極品。

陳信元〈詩集出版〉一文，清楚明白，讓我們瞭解一九八五年共出版了詩人個集三十八冊，多人合集和詩選集合計五冊，每一冊都扼要介紹了詩的版本、頁數，出版社和內容提要。原來吳晟的《飄搖裏》、《吾鄉印象》、《向孩子說》都是一九八五年出版的，紀弦的《晚景》和陳義芝的《青衫》，一老一少，也都出版三十年了，而今義芝步入初老，紀弦已上天國，但比較有意思的是，紀弦一九八五年在舊金山喻麗清家，把這本詩稿交給我時，他已經七十三歲，自認進入「晚年」，所以書名用《晚景》。他於二〇一三年過世，「夕陽無限好，只是近黃昏」他的「黃昏晚年」長達二十八年，也是福人福壽了。

一九八五年的詩壇，據鐘麗慧的觀察，她說：「這是平安、祥和的一年，……沒有爭論，沒有筆戰。活動以演講為冠，尤其是余光中、瘂弦、鄭愁予的場數最多……這一年，詩人高信疆返國，結束兩年遊學美國的生涯。」

一九八五年，第六十六期《創世紀》詩刊出版。從這一期起，《創世紀》交由年輕一代接編，採編輯群制，包括張漢良、沈志方、周安托、侯吉諒、江中明；至於張默、洛夫、瘂弦等老詩人則退居幕後，出錢供稿。

當期主編沈志方為詩刊寫序文——〈向歷史請纓〉——文中宣布：「本社願秉持一貫『在廣義的人文主義基礎上創造純粹文學』的信念，提出實驗的、藝術的與包容的三項基本精神，做為創刊第三十一年的期許。」

一九八五年，「現代詩社」在臺北淡水舉行詩座談，歡迎詩人林泠返國；同年，詩人蓉子在復興山莊舉行「抗戰文學座談會」，憶述其在抗戰時期的生活。

一九八五年，由作家亮軒主編——書名《七十四年短篇小說選》的第十八集「年度短篇小說選」，共收十三個短篇，分別為袁瓊瓊〈異事〉、黃軍義〈最後一課〉、戴訓揚〈她的憂鬱〉、金光裕〈庸夫三部曲〉、王璇〈修羅的晚宴〉、洪祖玉〈剖〉、鄭清文〈祖與孫〉、洪振嘉〈拆〉、藍博洲〈喪逝〉、辛其氏〈青色的月牙〉、王幼華〈超人阿Ａ〉、鍾曉陽〈良宵〉和蔡秀女〈稻穗落土〉。〈稻穗〉獲得第四屆「洪醒夫小說獎」。書後附季季推薦文——〈通過歷史的觀點〉說明為何將「洪醒夫小說獎」贈給新進女作家蔡秀女。

一九八五年，「年度文學批評選」仍由陳幸蕙獨立主編。我基於自己難忘「書評書目雜誌」前後五年，擔任總編輯的使命感，所以在爾雅出版社成立第九年時，主動構想，創辦「年度文學批評選」，並邀陳幸蕙負責編選，看到她在《七十四年文學批評選》書前引了俄國大文豪普希金的一句話——「哪裡沒有對藝術的愛，哪裡就沒有批評」，讓我感慨系之。

「文學批評選」是一套短命書，前後共出五集，歷經五年時間，投資一百萬元，對一個民營出版社來說，已盡其所能，希望在詩、散文、小說等創作園地之外，另有一大片草原，讓讀者可以在草地上享受精神食糧，如果讀到不良出版品，也可交換意見，並提醒閱讀者，可以放棄手中的「食物」，讓眼睛暫時休息，或許抬頭看看藍天白雲，對我們的身心反而健康。

可惜國人普遍沒有讀「文學評論」的習慣，反而沉溺於麻辣式的「政治評論」或「八卦新聞」，如果有一天，打開電視或報紙，到處都是音樂、美術、電影、文學等評論，那時，我們的社會就進入理性感性的和諧世界，大家都能擁有更多對藝術的愛。

一九八五年，九歌「年度散文選」進入第五年，林錫嘉主編的《七十四年散文選》於一九八六年三月出版。

一九八五年，最暢銷的書是張曉風的《我在》；此書於一九八四年九月初版，即高掛金石堂暢銷書排行榜榜首。《我在》原為三十二開本，二七九頁，至二〇〇〇年共印六十二版。二〇〇四年，重新增定刪減，更換封面，改為二十五開本，並放大字體，至二〇一四年已四印。

一九八五年，張曼娟在希代書版公司出版短篇小說《海水正藍》，累積銷書逾五十萬冊。

段彩華、〈野棉花〉和其他

一九八六年底，爾雅向段彩華約稿，他給了我一冊短篇小說集《野棉花》。

那是將近三十年前，段彩華在〈自序〉裡說：「遠自十七歲，便獻身文學創作的我，慘淡的心營意造，至今已有三十六年了。在這漫長的歲月中，我坐車也寫，坐船也寫，倦極也寫，受傷也寫，害病也寫，甚至在夢中也能得到文章中的情境。整個算起來，發表的小說、散文、詩和劇本，至少在一千萬言以上。」

三十年前就寫了一千萬字，往後的三十年，段彩華繼續不斷地寫，先後完成了短篇小說集《一千個跳蚤》（世茂）、《百花王國》（世茂）、《奇石緣》（華欣）；長篇小說《上將的女兒》（九歌）、《華燭散》（九歌）、《清明上河圖》（九歌）和《北雁南歸》（聯合文學）等，以及為近代中國出版社寫傳記文學《轉戰十萬里——胡宗南傳》；為行政院文建會寫《王貫英先生傳》。一直寫到二〇一五年元月十三日因心肌梗塞過世，身邊還留下七、八萬字的童年回憶。二〇〇三年，他在彩虹出版社還出版過一本《我當幼年兵》。

段彩華寫作一生，他與朱西甯、司馬中原齊名，號稱「軍中三傑」，但他不喜歡這稱謂，他說他是三人中寫作起步最早，卻永遠列名在朱西甯和司馬中原之後，何況，他擅寫北方鄉土及現實生活題材，以軍中為背景的小說反而少之又少，所以一向低調的他，居然大張旗鼓的寫信給國立臺灣文學館，希望不要以那樣的封號，限制了讀者對他作品的想像。

朱西甯，山東臨朐人（一九二七、六、十六—一九九八、三、二十二）七十一歲

段彩華，江蘇宿遷人（一九三三、一、十八—二〇一五、一、十三）八十二歲

司馬中原，江蘇淮陰人（一九三三、二、二誕生）

為何讀者總把朱西甯、段彩華、司馬中原三人名字並列，並標榜他們是「軍中三劍客」或「軍中三傑」，主要三人都是一九四九年來臺，都出身軍中，都寫鄉土小說，但稍有不同的是，朱西甯是軍人中的文人，在投筆從戎前，他曾讀過杭州藝專，司馬中原十五歲從軍，段彩華是少年兵。至於段彩華不願被稱為「軍中三傑」，主要，朱西甯和司馬中原，前者有「三三集團」的光環，左右門生環繞；後者皇冠出版的「鄉

野傳說」也為司馬打響名號，只有段彩華獨來獨往，始終像孤獨俠，和文友之間也較少互動，處事低調，不苟言笑，作品雖多，東一本，西一本，沒有一家出版社好好為他企劃行銷，寫了一甲子，似乎永遠沒有人重視他，難免有落寞之感。

其實早在一九五一年十八歲時，段彩華就以中篇小說《幕後》，獲中華文藝創作獎，被稱為天才；一九六八年，又以〈酸棗坡的舊墳〉選入第一本年度小說《五十七年短篇小說選》，和白先勇、舒暢、王禎和、黃春明、曉風等人同列，臺大教授張健，早年就對段彩華的小說推崇備至，他說「幽默或嘲弄，同情或悲憫」是他作品的趨向和特色……白描的簡淨有力，在臺灣文壇段氏也是數一數二的。

《野棉花》共收〈貨郎桃子〉、〈兩個外祖母的墳地〉等八個短篇，毫不花拳繡腿，篇篇都是紮實有力的作品，尤以主題小說〈野棉花〉，描繪四〇年代初國困民窮的蘇北家鄉，以一個戲班子為主幹，寫出荒旱年代中國人命毫不值錢，以兩對小兒女情感的穿插，將一個血與淚的故事，躍然紙上。

整體來說，三、四〇年代的中國人，由於連年戰亂，鄉野荒村的窮人家，人命如芻狗，隨生隨長，隨長隨死，像野棉花絮，像蒲公英的種子，四處飄落、四處生長，荒塚野墳處處，可憐的孤魂野鬼，在黑暗裡冤屈無處控訴。

段彩華的短篇類型多變，像百寶箱，裡面有各種寶貝。他尤擅長烘托，像細水慢燉一道菜，段彩華的小說技巧，在平淡中能將讀者的一顆心糾結如麻，為他小說筆下的人物悲痛，甚至哀號。

那是一個什麼樣的時代啊，窮到老百姓要賣兒賣女，才能換取藥物食物，幸虧那樣的歲月過去了，段彩華以如此深刻近三十部長短篇小說，為這一代中國人留下了寶貴的記錄，但我們卻一直忽略了他，還好他尚有自信，自己知道，他已經寫出了他該寫的，因此，他的遺言是：希望在他死後，有人會研究他的作品。

段彩華有一個四千字的短篇〈押解〉，寫一個四處偷竊的神偷，因多起案件被關在監牢，其中有一竊案開庭，需從高雄押解到臺北，決定搭乘火車。整篇小說，故事場景都在火車上。三十多年前，吳念真和覃雲生二人合作將小說編成了電影劇本，也得到中影首肯編列了預算，沒想到後來卡在當時的鐵路局，有關人員認為出借列車只為拍一部「運送小偷以及小偷繼續在火車偷竊旅客財物」的電影，有損火車形象。結果遭到拒絕，〈押解〉拍片計劃因此告吹。

但覃雲生仍念念不忘段彩華的小說，他說：「段彩華的每一個短篇都是寶」，除了〈押解〉，他還提醒我去找三民書局出版的《雪地獵熊》裡的〈三馬入峪〉。

覃雲生說：「段彩華不曉得那裡學來的技巧，他的小說篇篇意象鮮明，都有畫面，讀他的小說，就像看一部部的電影，他處理文字，毫不拖泥帶水，每一篇小說，一開頭就擊中要害，一路讀下去，像施了魔法，不知不覺，讀者就被捲了進去。」

聽覃雲生這麼說，加上這些天自己連續讀了段彩華的幾篇小說，如〈花彫宴〉、〈春天夭逝的孩子〉、〈情場〉等，突然覺得作家段彩華有兩個世界，他把人生中所有趣味的部分，都去經營他的小說世界，而他自己的真實人生反而忽略了，於是他在文友及一般人的心目中，好像不是一個有趣的人，甚至有人說他對人冷漠，有些不近情理。

寫到這裡，突然悲從中來，中國人，從滿清末年，到中華民國誕生，然後是抗日、北伐，然後國共內戰，連年征戰，人民四處流離，誰不像野棉花，原來我們都是野棉花啊，從小得不到溫暖，怎可能給予別人溫暖？

段彩華或許也未能給予許多人溫暖，但他總算找到一個桃花源——獻身文學讓他的孤寂有了出口，他寫到神經衰弱，但不寫更讓他活不下去，終於，他為自己的心營造了一個趣味無窮的世界，因此他也知道自己的存在是有意義的，這就是為何他臨終前要說：「希望他死後，有人會研究他的作品。」
許多偉大作品誕生了，可惜我們眼前這個雞零狗碎的瑣碎年代，把什麼都淹沒了。

人生無詩會無趣

爾雅自一九七五年創社至今的四十年裡，每年出書二十種，居然也累積到了八〇〇種，而八〇〇種爾雅叢書之中，個人詩集六十六種，詩導讀、詩賞析三十一種，詩選集十八種，世紀詩選十二家，年度詩選十集，爾雅總共出版了一百三十五冊和新詩有關的單行本，佔總數六分之一強，也就是說，每出六種書，其中就有一冊新詩叢書，說來對詩也真的算是情有獨鍾了。

新詩一向被公認為票房毒藥，詩集在臺灣，銷數能過一萬冊的，無論用多麼寬的尺度計算，至多不超過五位詩人。而詩人隊伍龐大，人數超過三千，人人都想出一本詩集，詩集乏人問津，也就沒什麼奇怪了。

爾雅印了這麼多和詩相關的書，到底銷得出去嗎?值得嗎?

經常有人問這些問題，我自己站在倉庫裡，面對一層層的存書和退書，有時也禁不住會問自己：出這麼多書幹嘛？特別是詩集，你有毛病啊?!

和詩糾糾葛葛也有二十幾年了，此次為了慶祝爾雅創社四十年，又將各類詩集、選集像列兵般重新巡視、翻讀一番，回憶翻騰，更有一些關鍵性的偶然和必然，說來也是詩緣和情緣了。

爾雅於創社最初三年未出詩集，直到一九七八年，白先勇推薦他在聖塔巴巴拉加州分校教書的同事杜國清的詩集《望月》，起初我還不太願意接受，總覺得新詩讀者不多，自己對詩也不太親近，但先勇立刻糾正我，他說一個文學出版社詩集絕不可缺席。有了這個概念，不但接受了杜國清的《望月》，也接受了羅青編的兩冊《小詩三百首》。一九八〇年，林煥彰寄來他編的《童詩百首》，讓我決定把爾雅叢書定位在「全家人愛讀的書」，於是先後出版了《兒歌百首》（喻麗清編）、《兒童詩選讀》（林煥彰編）和《童詩五家》（林良、林煥彰、林武憲、謝武彰、杜榮琛）等書，希望小朋友也能從小接觸爾雅叢書，張友繩《小史記》，劉靜娟《歲月就像一個球》，席慕蓉《畫出心中的彩虹》和邵僩《孩子的心》也都是在這樣的構想下，一一編入爾雅叢書。

當年我不熱衷出版詩集，可以引述一個小故事得到證明：

一九八一年六月，席慕蓉在國立博物館國家畫廊舉行「鏡子連作」及三百號「荷」

之個展，初次認識了劉海北和席慕蓉夫婦，相談甚歡。後來慕蓉寄來她的詩稿——《七里香》——那可是四十年來至今仍是臺灣最暢銷的詩集之一——從大地出版社銷到圓神出版社——而我把詩稿往門外推，接下的卻是她另外兩種書——散文集《成長的痕跡》和美育小品《畫出心中的彩虹》，同樣也是暢銷書，但兩者銷路差距不可同日而語。

爾雅真正大量出版詩集，是在《剪成碧玉葉層層》（張默編）出版之後，這本女詩人詩選集，不但前後印了七版，還為爾雅意外贏得封面設計金鼎獎，成為當年爾雅最美麗的一本書（內頁二十五位女詩人畫像由畫家席慕蓉繪圖）。封面設計人覃雲生為此還寫了一篇〈爾雅封面的風情畫〉，覃雲生至少為爾雅的一百種書設計過封面，中間一度還有王信、王菊楚、謝春德、謝震基、王行恭、林柏樑、吳勝天、翁國鈞、陳輝龍、楊永山、張蒼松和何華仁等，都曾有作品在爾雅的封面上亮相，一九八九年後，封面設計大多由曾堯生設計，他後來成立了大觀創意團隊公司，先後有年輕的生力軍蔡佳龍、林佳音、黃國賓等加入，近期的嚴君怡，她的封面設計更為爾雅引來一片讚美聲。

一九八二年開始，繼爾雅版的「年度小說選」之後，我又有了「年度詩選」的編輯計劃，透過《創世紀》詩刊創辦人，組成一個「年度詩選編輯委員會」，每年輪流主編。「年度詩選」就這樣從民國七十一年展開編選工作，第一年由張默主編，以後九年，分別由蕭蕭、向明、李瑞騰、向陽、張漢良輪流逐年主編。

「年度詩選」編輯過程中的最初幾年，不管由誰主選，我還記得總是六位編輯委員全員到齊，在當時的懷寧街太陽飯店，大家一首首把值年主編選出來的詩熱烈討論，表決通過之後才選入詩選。我是唯一的列席人，坐在旁邊細聽編輯委員的意見，但並無發言權利，連續幾年下來，我聽詩聽出了一些心得，這和我五十六歲突然寫詩多少有些關連，爾雅詩集出版最多的那幾年，也是我寫詩最勤的一段時日。爾雅四十年，出書八百種，並不稀奇，稀奇的是一個出版社老闆因為出版詩集而把自己也變成詩人。

我又想起了一九四九（民國三十八）年大陸淪陷，許多幼年兵、流亡學生和軍中青年跟隨軍隊來到臺灣，失家失學流落異鄉，精神多麼苦悶，但靠著詩，有一群人互相取暖，居然活了下來，而且活出了個人的特色，也寫出了富於時代精神的新詩，成為學院詩人之外的另一種奇葩，這是早期臺灣詩壇的奇蹟，從彭邦楨、周夢蝶、羊令野、洛夫、向明、羅門、牧沙、管管、楊喚、大荒、商禽、魯蛟、丁文智、曹介直、張默、楚戈、瘂弦、碧果、辛鬱到梅新，人人都在臺灣詩壇佔了一席之地，這些詩人當中有些並無完整學歷，卻成為愛詩青年的偶像，成為年輕詩人的導師，當年他們當手錶和腳踏車辦詩刊的精神至今傳為美談，這些詩人一起走過時代的風雨，在開創的年代，曾經意氣風發，也為詩壇流下許多風範，譬如將「年度詩選」傳承給中生代詩人，如蕭蕭、白靈、陳義芝、向陽和焦桐，和詩壇另有一些其他的「年度詩選」，共同耕耘詩的花圃。但詩人也是人，人的排他性和攻擊性，詩人都不缺。詩人有時不優雅，但寫出了優雅的詩，我們就讀他的詩吧！

人生在世，庸碌一場，幸虧有詩——人生的意義和價值，才變得豐富而有趣。任何硬邦邦的場面，如果有了詩，一切就會改變，鐵血裡的柔情才會流瀉出來，英雄流淚也是一種詩啊……

詩是大地上的花樹。詩是日月之光。大自然的風雪雨露，都是詩。

人生無詩會無趣。

附錄

作者	書名	出版年月
周夢蝶	周夢蝶·世紀詩選	（民國八十九年五月，爾雅叢書501）
羊令野	叫花的男人	（民國九十三年八月，爾雅叢書423）

洛　夫　洛夫・世紀詩選（民國八十九年五月，爾雅叢書502）
洛　夫　隱題詩（民國八十二年三月，爾雅叢書145）
洛　夫　背向大海（民國九十六年七月，爾雅叢書472）
向　明　隨身的糾纏（民國八十三年三月，爾雅叢書212）
向　明　向明・世紀詩選（民國八十九年五月，爾雅叢書503）
向　明　陽光顆粒（民國九十三年十二月，爾雅叢書428）
向　明　早起的頭髮（民國一〇三年十二月，爾雅叢書612）
沙　牧　死不透的歌（民國七十五年九月，爾雅叢書186）
管　管　管管・世紀詩選（民國八十九年七月，爾雅叢書504）
管　管　茶禪詩話（民國九十五年九月，爾雅叢書457）
大　荒　山水大地（民國七十五年六月，爾雅叢書182）
商　禽　商禽・世紀詩選（民國八十九年九月，爾雅叢書505）
丁文智　能停一停嗎，我說時間（民國九十五年三月，爾雅叢書449）
丁文智　花　也不全然開在春季（民國九十六年十二月，爾雅叢書523）
丁文智　重臨（民國一〇二年六月，爾雅叢書588）
曹介直　第五季（民國九十六年七月，爾雅叢書518）

張　默　張默・世紀詩選（民國八十九年四月，爾雅叢書506）

魯　蛟　舞蹈（民國九十九年二月，爾雅叢書526）

魯　蛟　書註（民國一〇二年十一月，爾雅叢書592）

楚　戈　再生的火鳥（民國七十四年四月，爾雅叢書158）

楚　戈　審美生活（民國七十五年十二月，爾雅叢書198）

瘂　弦　極短篇美學（民國八十一年五月，爾雅叢書185）

碧　果　肉身意識（民國九十六年三月，爾雅叢書466）

辛　鬱　辛鬱・世紀詩選（民國八十九年五月，爾雅叢書507）

辛　鬱　在那張冷臉背後（民國八十四年五月，爾雅叢書105）

梅　新　梅新詩選（民國八十七年十月，爾雅叢書12）

詩、年度短篇小說選、年度文學批評選……隱地是「年度文選」的墾拓者。

讀詩——開啟一面想像之窗

有一天在蘇紹連編的《台灣詩學吹鼓吹詩論壇》，讀到李長青一首寫得奇奇怪怪的詩——〈星期四天氣未明我離開你〉，就是這首詩，引出了我寫《人人都有困境，讀一首詩吧！》的動機。

困頓，眼前我們活在一個困頓年代。資本主義和集團收購已經將人性更加物化，有理想的個人想循規蹈矩的創業反而路越走越窄。政客讓政治僵化，法律被法律人玩死，科技人以為可以征服天征服地控制宇宙，如今嘗到地球暖化的苦頭，媒體更是助紂為虐，購物臺日日推銷貪念，商業追求一切只講數字，讓人成為文明之獸。正義戰勝妖魔鬼怪只出現在電影和舞臺上，真實的人生多的是無奈。許多人心裡彷彿都壓著一塊石頭，活得多麼沉重，卻活不出力道，處處都是牆，牆，開部坦克就衝過去了，讓人哭笑不得的、阻擋著我們的竟是一團棉花！啊，這才真的是生活在困境裡。什麼困境呢?或者是一種混沌不明的氣象,讓人覺得陰沉沉的,完全看不到生命的重心和希望!

笑聲還是聽得到,但笑聲裡缺少快樂,是的,乾笑,就是那種聽起來讓人感覺不到快樂的笑,有時還夾雜假笑,更多的是苦笑。

就放聲大哭一場吧!可就是哭不出來。

讀完李長青的詩,立即寫了一篇〈未明〉,想到席慕蓉在給我的信裡說:「讀詩如會密友,如遇良師」,看來讀詩真的會讓我暫時忘卻一些困頓。想著如何多找些詩來讀。更希望能找到一些讀了讓人快樂的詩。快樂的詩沒找到,反而讀到更多悲傷的詩。也好,負負得正,悲傷可以洗滌悲傷。何況,有時悲傷反而會帶給我們力量。

詩人沈志方說:「人生誰無困境?想像之窗開啟時,困境自然縮小。」

當前詩壇最讓人感嘆的是,只見「詩人在動,詩集不動」或是「詩人不動，詩集動了」，我的朋友覃超樂觀，他說，這都很正常，如果你真要憂心，應該憂的是「詩集不動,詩人也不動」——詩人不動,有兩層意思,其一是詩人早就不在了,其次,詩人生氣了,任何有詩人活動的地方,他都不屑出席。

寫詩最不能缺乏的就是誠懇。寫不出,就別寫,硬寫就會寫出讓人看不懂甚至連自己也不懂的壞詩和偽詩；當然，寫詩還是得靠自己的才情，只靠誠懇，仍然寫不出好詩。

臺灣有三千位詩人，真能頂著詩人光環，享受詩人榮耀的，百不得一，其餘均為弱勢族群，寫了一輩子，想出本詩集，仍找不到門路。但他們的詩，卻為讀者在黑暗裡找到了光。我透過大量讀詩，也看到了許許多多可愛的傻子精神。幾乎每一個詩人，若肯誠心地打開其詩細讀，都會讓人動容。余秋雨在〈唐詩幾男子〉（《新文化苦旅》）裡說：「詩有典雅的面容」，我感受到的是，任何人只要肯走進詩裡去，都會採到鮮花和陽光。

寫這本「讀詩筆記」，讓我重新認識百年來新詩的遼闊，也看到了無數新詩人的投入和奉獻精神。詩讓我們一顆乾涸的心得到滋潤。人在困境中，投進詩國詩境，豐碩收穫讓人喜悅。

二〇一〇年，能完成這本書稿，苦澀的心裡增添了些許欣慰。一九八五年，曾寫過一本《作家與書的故事》獻給作家，現以這本「讀詩筆記」獻給詩人。

謝謝詩人寫出了這麼多好詩，當然更應感謝的還是李長青，他的詩是我的靈思觸媒，觸動我的詩心，讓我在自己四十種書目後又繁殖了一朵異色小花。

更期盼的是，我親愛的讀者——您，但願這是您願意親近的書，似乎，書太多，大家都和書不親了。

附錄
世上怎麼會有這樣一冊詩集

真高興自己老了，糊塗了。

要是我還像年少時清醒且做事俐落，不可能將原先要寄給隱匿的一本書寄到了我的同學胡國光那兒，等到住臺中的國光把書退還給我，只好寫信給隱匿說，請把我要送給同學的書寄還給我。

隱匿還書的時候，順便也放進了她二〇一二年九月就出版的詩集——《冤獄》。在我們當前的年代，「寫書就像把字寫在沙上」，還好，因為自己的糊塗，我彷彿海裡的妖怪，攔截到隱匿尚未被海水沖走的詩……我是愛讀詩的人，卻從未想到，世上怎麼會有這樣一冊詩集？

折開封套，剛觸摸到詩集，就讀到一首〈最遙遠的距離〉——

從嘴唇到陰唇
從眼淚到尿液
從食物到大便
從大便
回到食物

從飲血的時代
到飲酒的時代
從我到我
從愛到愛

從兩顆並置的枕頭
從波赫士到波赫士
從腦海到雲海

由於此詩，立即告訴自己，這是我要讀的詩集，而此時，詩集自動關攏，想繼續讀詩，必須重新翻開詩集。

剛翻開，詩集再度關緊；立即明白，我又遇到了一本「翻不開的書」。

我的職業，讓我對紙質極度敏感。爾雅叢書四十年八百本，選用的紙，特別講究柔軟度。能在桌上左右攤平的書，才是真正讓人閱讀的書。

書，不只是為了擺在書架上好看的。

很想寫信告訴隱匿，下回出詩集，一定要選較柔軟的紙，不要讓讀者打不開她的詩集。但讀著、讀著，突然覺得隱匿的詩集還必須用像現在她選用的紙——隨時會關起來。她的詩不能一首首接著讀。讀完一首就要關起來，想想，休息休息，再往下讀。

在〈自然的事情〉這首詩裡，隱匿對「愛情」下了定義——

至於愛情的好處，或許在於，它不會是永恆。
愛情會改變，因為人會成長。因為心碎使人成長。

同一首詩裡，一開始的兩句更令人心嚮往之：

藍色的好處，就在於，它不是紅色或黃色。

白色是這麼美，因為黑色也很美。

我們活著，每天每天，如此重複，無非吃飯、睡覺、洗臉、刷牙，生活有時讓人覺得無聊到了極點。然而隱匿可以用〈每天每天〉這樣極普通的題目，寫成一首新鮮又光采奪目的詩——

每天每天
雲把同樣的一座山
打扮成不同的模樣

每天每天
陽光和四季
把同樣的一面牆
塗上不同的顏色

每天每天

我被惡運和好運
疼痛與歡愉
所衝擊

每天每天
太多的自我

每天每天
再見再見

每天每天
不會再見

把隱匿的詩多讀幾回，發現她有凡人的困和惱，但她像大多數的詩人，並不願意過另一種人生，雖然看起來生命中時有敗筆，但幸虧有貓相陪，詩也環繞著她，她還是享受著自己看來無用的人生。在《冤獄》詩集中，找不到一首題名「冤獄」的詩，但投胎人間，就註定是一場冤獄。她用一首詩，很溫柔的抗議著我們活著的世界——

陽光、空氣、花和
輻射

隱匿也抗議這世界上無時無刻不在發生的車禍——人們為了速度，發明了機車，機車卻時時刻刻奪走騎士寶貴的生命。

〈騎士〉一詩，絕非為一個「騎士」而寫。她是為天下所有葬身於馬路上的騎士而寫。騎士的一生，也是每個旅人的一生——

他曾經走過風塵僕僕。
他曾經飛翔（像一隻鳥或者雲）
他曾經為了愛而戰鬥。
他曾經掉落，還有墜落（以及墮落）

他曾經快樂。
像一輛機車（甚至像一輛救護車）

光是破碎的（陰影暗示箭的方向）

一支粉筆，塗改了他的輪廓。
一個記憶中的黃昏，成為永恆。

一隻鞋獨自走開。
從一行泥濘的腳印，滿地的
碎玻璃，和羽毛。

醜陋是怎麼形成的？面對人類愚行，寫詩的隱匿也會罵人，讀到後來，我仍然會問，世上怎麼會有這樣一冊詩集。

懷念「吾等無恙」的年代

翻出一九九四年出版的《四重奏》，讀到王愷的詩〈吾等無恙〉，一時之間天旋地轉，嘴裡不自覺的唸起了鼎公為畫家李山題的三句話——

春天的落葉像蝴蝶，
秋天的蝴蝶像落葉，
生命到底有他的特徵。

王愷的〈吾等無恙〉寫於一九六九（民國五十八）年，那時他剛三十歲，生命中最昂揚的年代，從學校畢業不久，正是一艘即將起帆的新船，前面一片碧海藍天，啊，「玉米在田裡爆笑，歌在風中翱翔」，青春還在我們身上，「繁星滿天，花氣襲人」，無論我們往東往西或朝南向北，「於距離則無需丈量」，帥氣豪氣的年代，管他世界發生什麼大事小事，最重要的——「吾等無恙」——我們都沒有病痛、更無憂慮。

1998 年沈臨彬、王愷、張作丞（艾笛）、柯青華（隱地）同遊陽明山，四人合出了一本詩集《四重奏》。

誰是「我們」，「我們」是誰呢?所有和王愷差不多年紀的，在當時從他的眼睛裡望出去，都是「我們」——而古橋、沈臨彬和我，彼時都和他一樣，剛踏出校門，才走進社會，曾經是同學的四個人，後來合出詩集《四重奏》，隔了四十多年後，如今，連這本合集都已出版超過二十年。

那時，王愷在藝工總隊擔任美工官，沈臨彬在海軍官校任輔導長，古橋在聯勤總部出版社，我在編青溪雜誌，四個人都充滿希望地為自己的理想生活奮鬥，王愷推動的「奔雨畫會」已經聯合沈臨彬、陳文藏、劉德山、李重重、林順雄等開了好幾次畫展，古橋正打算重新提筆，往文壇闖一闖，我已展開「年度短篇小說選」的許多構想，沈臨彬也很積極，正在寫他的〈泰瑪手記〉，《四重奏》出版時，我請也是出身復興崗的詩人瘂弦，為我們的「四人合集」寫序，慢工出細貨的他，這次例外地很快就交卷，序題〈湖畔——四重奏〉小引。

這篇「輪番美言」的序言，讓我們四人高興了好多天，為此我們還在一起歡聚、喝酒、聊天，好不意氣風發。

然而時間多麼地凶，二十多年後，一切都改變了，古橋早已於二〇〇七年四月十四日作古，沈臨彬這幾年身體一直不好，長年住在醫院裡，只有王愷和我，仍在畫畫、書寫，有時隔著一條電話說說回憶，偶爾也會嘆一口氣……不過，我們倆均屬積極之人，經常互相勉勵，王愷更有一句名言，讓我時刻記在心裡。他說：「別人可以給我們不快樂，我們自己不要給自己不快樂。」他經常拿起畫筆，二〇一五年三月十四日下午，他在國父紀念館中山國家畫廊舉辦「王愷創作大展」，而我眼看七月二十日爾雅四十年慶就要到臨，忙著寫這本回憶錄，生命有限，趁自己還活著，多做些自己想做的事吧！

附錄

湖畔——《四重奏》小引

瘂弦

幾位詩人合出一集，通常稱為「合集」，在中國新詩發展史上，最有名的合集，應該是《湖畔》和《漢園集》。

《湖畔》出版於一九二二年，有四位作者：潘漠華、馮雪峰、應修人、汪靜之。《漢園集》一九三六年印行，作者是何其芳、李廣田和卞之琳。

本來，創作生活應該是獨來獨往的，詩人，或者都應該像紀弦〈狼之獨步〉詩中那匹狼的樣子。一本詩集，不是孤獨之聲而變成混聲合唱，其中一定有特殊的文學因緣在。

《湖畔》詩集的作者屬於「湖吟詩社」的一群，浙江人居多，而西湖是他們常去歡聚唱和的地方。他們在青年時代訂交，後來成為一生的朋友。一九三三年五月應修人墜樓身亡，次年十二月潘漠華死於獄中，為了這兩位英年早逝的文友，馮雪峰和汪靜之到了年紀很大時還常常為文悼念，並為他們整理遺著、豎碑立傳。

《漢園集》的作者來自北大校園，何其芳唸哲學系，卞之琳、李廣田是外文系，他們一九三一年相識，成為文學的「死黨」，課餘之暇，郊區燕大的「未名湖」畔是他們常去散步聊天的所在。雖然後來這三個人文學事業的發展不一樣，但是他們始終保持誠篤的友誼，數十年如一日，為文學史留下佳話。

《四重奏》的出版比上述兩本書晚了六、七十年，但是作者的心情是相同的，他們並非刻意要效法前賢，只是想藉這本合集來懷念那段同窗共硯的「少年十五二十時」。

他們的故事「流傳」在另一所校園，另一個湖邊。

王愷來自文學世家，是一位個性內向有幾分靦覥的年輕人，濃眉、方臉，舉止之間，流露出一種儒雅的氣質，是女同學暗戀的對象。他唸的是美術系，畫得一手好水墨，奔雨畫會的要角。繪事之外，他也醉心寫作，大一、二時已有校外的詩名，並與葉珊（楊牧）等人遊。楊牧有首詩記〈尋王愷〉，就是題贈給他的。王愷的詩富有中國情調、意象新穎，結構嚴謹整飭、質樸無華，少用拗折奇險的句子，有他自己的體格聲調，不受當時晦澀詩風的影響。

另一位筆名「艾笛」的青年，瘦瘦高高，有狷介之氣，也有年輕人常有的那種執著與任性。當年梁啟超〈贈徐志摩〉的詩句「臨流可奈清癯，第四橋邊呼棹過環碧；此意平生飛動，海棠花下吹笛到天明」，送給艾笛也很適合。他入大學之前已開始寫作，為覃子豪先生「藍星詩社」的成員，他的詩著重選字、煉句和音律的設計，感情內斂，是浪漫與古典的結合。詩之外，他也寫小說、散文（署名「古橋」），是中央副刊上的常客。我說他「任性」的意思是：他任性於寫作，文思泉湧時，一發而不可收拾，產量極多，然也任性於停筆，近三十年不寫一行詩，成為詩壇的一個傳奇。近年復出，作品展現新貌，詩壇為之矚目。

美術系的沈臨彬南人北相，人稱「黑髮男子」，常穿一件粗線套頭毛衣，外罩軍用大夾克，站在風裏，雙手往褲子口袋那麼一插，硬是有幾分詹姆斯狄恩的味道。「放膽文章拚命酒，無弦曲子斷腸詩」，他是真的有那分豪氣。他為人明快暢達，好發議論，言談之間嚮往宏大絢麗的生活，最不喜歡單調瑣碎。他的詩風和畫風一樣，外表婉約，骨子裏卻有無限的淒楚蒼涼，常用曲筆暗藏機鋒，耐人尋味。詩之外也寫散文

（代表作〈泰瑪手記〉），作風受紀德名作《地糧》的影響，但卻是中國的，江南風的。他不是「詩多用事」的文人，連豪邁奔放、雄健疏宕的憤慨之情，也不脫浪漫感傷的虛無情調。

新聞系有個隱地，是「四君子」的帶頭人物，他編系刊、組織文藝社，火力十足，渾身是勁。但人卻是文弱書生一型，不是唐人的沉雄野放，應屬宋人的高逸清雅。二十出頭的小伙子，已是《文星雜誌》發掘的對象。他常去聯副主編林海音家，與其子夏烈同學，在長輩的薰陶下，兩棵文學園地的幼苗，就像四月的麥田，一天一個成色。

四個人之中只有他不寫詩，他是小說家，散文功力深厚，常於平淡客觀的敘述中表現人性的變貌和時代的感喟，展現出青年作家少見的觀察深度。

隱地寫詩是近年的事，一開始就到達相當的高度，可見文類之間是相通的，有人笑說他是發現自己詩才最遲的人，不過寫詩和談戀愛一樣，是永遠不嫌晚的，我看他很快就會跟上前頭的詩隊伍！

文學好像是親水植物，像西湖、未名湖水濱的詩人那樣，四君子活動的地方，也在大屯山腳下的湖邊上，那湖名「成功湖」，是建校之初學生們用圓鍬、十字鎬和臉盆挖出來的人工湖，戰亂苦難的年代，連為一個美麗的小湖命名也不忘砥礪志節，學生們不喜歡那帶點剛性的湖名，相約時總說「到湖邊去」而避開它的名字。

是啊，到湖邊去！到湖邊去！即使是三十多年後的今天，我閉上眼睛仍能看到山麓那曾經養我、育我的一片青翠，以及師生們親手種植的一行一行青青校樹；我看到在湖心漫遊的兩隻大白鵝（劉其偉老師從家裏抱來的），我看到王愷、艾笛、隱地、臨彬他們坐在湖邊石凳上聊天、打著水漂，笑得好響。

而我也看到在他們之間坐著一個年齡稍長的學生，他來自戲劇系，湖邊眾人都稱他學長學長的，他撇撇眼、獅子鼻、娃娃臉，說起話來眉飛色舞，口沫橫飛……

那人不是別人，正是年輕時的我自己。

995年，爾雅二十周年慶，隱地與趙燕倡（前）、張建國、
書品、廖烈槃合影。

一九九五年

一九九五年，透過詩人白靈《八十四年詩選》的編序〈詩的夢幻隊伍〉一文，讓我們重新回憶那是多麼動盪不安的一年，難怪連溫文爾雅的小說家也開始憤怒寫起《憂國》；另一位臺灣重要的小說家宋澤萊曾為此文，寫了一篇試論王定國的《憂國》，中間清楚說明：「在一九九五年十二月十四日開始，小說家王定國，揮筆攔截時光，寫下了總統選舉的一百天觀察和批評」（註），於一九九六年由希望出版社印行，書名《憂國——臺灣巨變一百天》；二〇〇一年，王定國十五年文選《美麗蒼茫》，《憂國》亦收入其中。讀此書，可見一個熱血憤怒的青年，面對這樣的國家、這樣的選舉，有正義個性的人，能不憤怒嗎？

再把話題拉回白靈的《八十四年詩選》編序，他說：「八十四年幾是政治年，也可說是臺灣本島數十年來最混亂、動盪的一年，『不安』的氣氛瀰漫全境，包括島內和兩岸之間；爭議的焦點，不外是統與獨的相持不下，加上黑金、特權等等現象混雜其中，內外交逼之下，人人心頭好像都被迫擺著一鍋鼎沸的湯似的。」

一九九五年是謠言滿天飛的一年，還有一本書，一直說，戰爭就要來了，這樣的書從年頭賣到年尾，後來換了一家出版社，又出了續集。

一九九五年閏八月，中國大陸向臺灣北方海面真還試射了飛彈，爆發臺灣海峽第三次危機，這次的試射飛彈，讓謠言的虛實更增加了弔詭……但小市民的生活一樣還是要過的，所以——

一九九五年三月一日起，全民健保正式施行，中央健保局開始運作。

一九九五年五月，鄧麗君在泰國清邁，因氣喘病發作導致心臟衰竭過世。

一九九五年六月，嚴歌苓在爾雅出版《少女小漁》，透過張艾嘉執導搬上銀幕，獲亞太影展最佳影片，中影因此特邀吳孟樵將〈少女小漁〉改寫成電影小說出版。

一九九五年七月二十日，爾雅出版社慶祝二十周年慶，由貴真和我合編了一本紀念文集《文學樹——在有限的生命裡種一棵無限的文學樹》，封面為一張由曾堯生設計的「爾雅創社二十年紀念海報」的縮影。為賀成立二十周年，出版社慶書一批，計有白先勇《第六隻手指》，余秋雨《山居筆記》和林貴真《現代人的自得其樂》等七種。

一九九五年七月七日，抗戰勝利五十周年，爾雅邀請作家邱七七編了一冊紀念叢書——《回憶常在歌聲裡》，於當日出版。

一九九五年，第一個二十四小時新聞頻道，TVBS—NEWS開播。

一九九五年，九歌版「年度散文選」走到第十五年，分別由林錫嘉、陳幸蕙、蕭蕭等輪流主選，《八十四年散文選》由簡媜主編，年度散文獎得主為張啟疆，獲獎作品〈導盲者〉。

一九九五年，爾雅版《八十四年短篇小說選》，由廖咸浩主編。

這本小說選，在爾雅版「三十一本年度短篇小說選中是極為特殊的一本，一本以學人觀點編成的小說選，有點像學術著作，可視為學術論文觀點予以討論。」

廖咸浩說：「……這是戰後臺灣短篇小說史上最多樣，也最前瞻的一年……」充分的顯示——「後現代精神」，已經在我們的社會各個角落紛紛紮根。

十篇小說依其「後現代性」可以分成國族、資訊、人性、性別和弱勢社群五類。

譚中道〈滄海之一粟〉討論人性，令人印象深刻。作者說他寫此篇嘔心瀝血。獲得一九九五年第十四屆「洪醒夫小說獎」得獎作品為黃錦樹的〈魚骸〉，〈魚骸〉探討的是國族——時空差異與政治態度。

1994 年，爾雅同仁聚餐合影。左起吳慧芳、沈美蓉、李香華、柯書湘、林貴真、隱地、廖烈槃、趙燕倡、張建國合影。

編按：二〇一五年三月十三日的中國時報有一條關於「年度小說選」的新聞，作家黃錦樹說：「往年他逐篇檢視《年度小說選》，很想把那些主編抓來槍斃。」至少，該放過廖咸浩吧？

百鄉，再見

——記一家三十六年的老餐廳

座落在伊通街上的百鄉餐廳已於二〇一五年二月七日結束營業。這家於一九七九年九月二十四日和爾雅差不多年代開業的餐廳，有我許多難捨的記憶。一九九五年，爾雅三十周年慶，還在百鄉舉辦PARTY，彷彿一屋子的笑聲仍在耳邊響著，許多快樂鏡頭，仍不時縈繞在我腦海。

最早介紹我到百鄉用餐的是張小鳳，小鳳一九九七年發表在幼獅文藝的〈一線天〉，選入我編的《六十六年短篇小說選》，一九八三年爾雅為她出版《愛別離》，列入爾雅叢書134，其中〈快樂的單身女郎〉也收入我編的《十一個女人》，後來《十一個女人》為張艾嘉相中，拍成電視系列，一九七二年在香港播出，首映，就是〈快樂的單身女郎〉。

張小鳳當時的好友是《婦女雜誌》主編宋雅姿，宋雅姿也是百鄉的常客，她的《坐看雲起時》，編入爾雅叢書225，也曾是爾雅的暢銷書。

好像許多在百鄉用餐的作家，都在爾雅出過書，譬如天下遠見的高希均教授，他的辦公室「九三人文空間」離百鄉很近，他一度也是百鄉的常客。

高希均在爾雅出版的書名《迷思中的沉思》，列入爾雅叢書67。

李進文還在明日工作室上班的時候，他的辦公室在南京東路五段，我們見面聊天，總是約在——百鄉——正是我們兩人辦公室的中點，李進文最初的詩集《一枚西班牙錢幣的自助旅行》和後來的《不可能；可能》、《如果MSN是詩，E-mail是散文》都編入爾雅叢書，編號78、373、453。

還有遠從花蓮來的孟東籬，我也把他帶到百鄉，當然，他也是爾雅叢書的作家。

劉森堯也非常喜歡百鄉，有一段時間，他在爾雅書房講電影欣賞，結束講座之後，通常一夥人聚集在百鄉，喝酒、聊天，還有，說不完的導演經和電影話題。

有一段時間，爾雅熱衷出「極短篇」，我自己也湊數，出了一本《隱地極短篇》，一九九〇年版，其中就有一篇寫百鄉餐廳的，重讀二十五年前的文字，讓人禁不住又懷念起那個年代許許多多有情有調的餐廳，如今早已消失在臺北這個多變的城市，如

矢志傳播進步觀念的高希均教授，2014 年 2 月，和白先勇（右）、隱地偶遇合影。

敦化南路上的「碧富邑」和「iR」，建國北路上的「現代啟示錄」、忠孝東路巷子裡的「來客」，他們的披薩，至今讓人想念；東豐街上標榜健康食物的「犁田」、遼寧市場巷子裡的「姑姑筵」、永康街的「康橋」、內湖金湖路的「吊帶褲」、師大路的「芝麻站」（這家小餐廳的菜單上還列有點客率頗高的「隱地麵」）、和平東路上的「法哥里昂」，還有重慶南路「馬可孛羅」麵包店樓上的餐廳……

三十六年的百鄉，老闆陳小姐開這家令人難忘的餐廳，她從單身女郎到找到理想對象，中間有多少艱辛、甜蜜的往事，這要由她自己慢慢回味，至少，除了贏得客人的誠摯友情，她也因百鄉尋得美滿歸宿。她的先生最初就是經常到她餐廳吃飯的客人啊！

附錄
伊通街上的百鄉

百鄉在伊通街上，可是給我的感覺總是好像在南京東路的巷子裏。這家小小的餐廳，外表看來毫無起眼之處，就像任何一家蜜蜂咖啡屋的格局，一排火車座似的桌椅，附加一個吧檯。可是去久了，才知道它的特別，女老闆會英語，也會日語，這些都不稀奇，稀奇的是她和任何客人都能閒話家常，親切和善，人們進了她的小餐廳，真有賓至如歸的溫暖感覺。

四年前的一個晚上，我和貴真路過百鄉，想進去喝杯咖啡，使我奇怪的是，明明記得這是家小型西餐店，怎麼那個晚上全是日本人，讓我覺得一定是我走錯了門，可是女老闆眼尖，她說：「柯先生，你好啊，怎麼今天會晚上來？」一點也不錯，我都是午餐時間才會到她們店裏，因為百鄉每個月送我一張菜單，她們每天的菜色都不同，價錢也公道，從一百三到二百二，主菜以外還有湯、麵包、咖啡和甜點，只要當天的主菜合我胃口，就會特地坐車趕過去，有一段時間，我每個禮拜總要去一、兩次。

那天原來是日本國慶，一大夥日本人，男女老少都有，他們在百鄉唱著歌喝著酒，慶賀著屬於他們的節日。我和貴真儘管點的是咖啡，女侍還是送來了一碟日本小菜，免費讓我們享用，整個屋子瀰漫著異國情調，也感染著他們的歡樂，那是頗為使人難忘的一個晚上。

後來我才知道百鄉的多目標經營方式。白天做一般西餐，晚上九、十點鐘以後，又變成一家居酒屋，西餐之外，也供應日式小菜，以助酒興。客人多半是老外，不管是美國人、英國人或日本人，他們的歡笑留在臉上，看得出來，這是一個使他們心情放鬆的地方，讓你覺得，他們好似已經回到了家鄉。

不多久，百鄉的營業範圍又擴充到了隔壁，新百鄉看起來精緻典雅，幾支吊扇轉啊轉的，很有英國鄉村小餐館的情調，有一次我帶了作家孟東籬，興致勃勃的前往，偏偏負責招待的女侍超級講求原則，我們說了許多好話，她還是毫無轉圜餘地，一次又一次的要把我們趕回本店，她說除非位置坐滿，分店絕不開門。

那是一次無趣的飯局。

有一次到南京東路一家銀行辦事，離開銀行的時候，正是用餐時間，想起了幾乎已有三年不曾去過的百鄉，剛跨進店，永遠的女老闆一眼就看出是誰，她說：「柯先生，你總有三年沒來了吧！」她招呼我點菜，一會兒又去應付美國客人，而另一桌果然又說著日本話，歲月彷彿都回轉來了，而不老的女老闆微笑著走到我身邊，她給我的是一張百鄉整個月的菜單，看來，不久我又會成為她們的常客了。

新百鄉後來又重新裝潢，原先的吊扇取了下來，把一半的位置改成吧檯。「復古」和「新潮」間，總給人幾許迷惘吧？

百鄉　何華仁繪

一切從閱讀開始

臺灣大城小鎮，處處都有讀書會，小至三、五人，多至數十人甚至百人以上，大家聚在一起閱讀或朗讀，讀文學或藝術方面的書，更能讓人心靈充實、踏實，在千千萬萬不同類型的讀書會中，由建成國中的家長組成的讀書會最是特別，他們讀了許許多多各出版社印行的好書，而其中單單爾雅的書，在近二十年中，他們竟然讀了四十冊之多，幾乎每一年都會選兩本來讀，爾雅成立三十四周年時，曾將他們的讀書筆記印行出版，由張世聰老師執筆，希望透過此書，引來更多的愛書人，讓大家都成為快樂的讀書人。剛完成「回憶錄四部曲」的王鼎鈞說，每一本書都是作者心血的結晶，靈魂的迴響，氣質的凝固；二〇〇九年年初離開我們的孫如陵曾說，有人因居室過窄，無處讀書而不買書；有人因阮囊羞澀，僅能顧到生活而不買書；有人因工作太忙太苦，沒有閒暇讀書而不買書；其實，根本原因，在沒有把買書列入預算，沒有視買書為財產的一部分。

我在已斷版的《我的書名就叫書》中曾說：讀書可以增進智慧。體力的成長靠吃，智力的成長靠無止盡的閱讀，讓我們每個人都能享受兩種生長的人生吧！

一九九五年，爾雅創社二十周年時，曾出版一冊《文學樹》，我寫過一篇〈在有限的生命裏，種一棵無限的文學樹〉——

人的生命是有限的，能活到一百歲，寥寥無幾。而文學和藝術作品，源遠流長，一本好書，一首名曲，或一件藝術品，價值永恆，歷經數千年，仍然流傳，成為世界人類共有的財產。

可以這麼說，文學藝術是老天送給苦難人類最好的禮物。俗世的人生，就是吃喝拉撒睡，和一般動物沒有什麼兩樣，而人之所以為人，最大原因在於人會思索，能創作——思索和創作，使得我們能從肉體的現實人生，提升到精神的理想人生。

如果只有肉體的現實人生，我們和一隻關在籠子裏的鳥有何不同？惟有提升人生境界，養成閱讀習慣，接近藝術，從欣賞中獲得精神的快樂，如同鳥飛出籠子，自由翱翔於大自然，人才會覺得心靈踏實，活得有意義，不虛此生。

人活著，最怕活得讓人看起來乾——思想上的一片乾。一個走出學校，從此不碰書本的人，儘管每天不停的在說話，其實他說得愈多，聽的人反而愈累。一個思想上「乾」的人，能說出什麼豐潤，讓我們感覺如沐春風的話呢？

不能做創作者，就做一個欣賞者，在文學的世界裏、藝術的世界裏，做一個欣賞者。一棵漂亮的文學樹，需要人們歡喜和讚嘆，樹有生命，你看它，愛它，它就會婆娑起舞，更加美麗！

慢慢走，欣賞啊，在人世間，多的是富饒的美麗花圃，裏面植滿了一棵棵花繁葉茂的文學樹。西洋文學從荷馬的史詩到後現代主義，我國古典文學，從詩經到民清小說，就是短短只有八十年歷史的現代白話詩，從徐志摩到余光中、從紀弦到瘂弦、從冰心到陳育虹……也值得我們細細誦讀。總之閱讀、閱讀，不停的閱讀，翻過一個山頭，搖身一變，你就成了創作者，在文學園圃裏，你也能種一棵文學樹。

一旦，你的人生裏注入了對藝術的興趣，和藝術交上一輩子的朋友，就再也不會覺得人生單調和無聊。敲開藝術之門，你會有自己的人生哲學，你會懂得如何替自己做生涯規劃。

到圖書館，你能享受閱讀的快樂；到美術館，你把自己活成一幅美麗的風景；到音樂歌劇院，你的靈魂在跳舞歌唱；到博物館，你打心底感激自己是個「人」，能到這世上旅遊一生。

一切從閱讀開始。閱讀會使我們一生變得色彩豐富。讓我們在有限的生命裏種一棵無限的文學樹！

經過了四十年，爾雅仍然在播種、照顧文學花園，只是行人忙碌，匆匆走過，還好有不少有心人，像張世聰老師這般的，也大有人在，大家聚進爾雅書房，讓我們在文學寒流中仍感受絲絲暖意。

二〇〇〇年

二〇〇〇年，臺灣首次政黨輪替，改由民進黨執政，前後八年。

二〇〇〇年，新臺幣正式改由中央銀行發行，新版千元大鈔同時上市。

二〇〇〇年元月，詩人杜十三出版手工限量版和普及版《石頭悲傷而成為玉》，並在誠品書店舉辦新書和詩歌朗誦會。

十年後的一個晚上，也就是二〇一〇年，杜十三在中國大陸旅遊中因心肌梗塞突然過世。

二〇〇〇年，是林文義創作豐收的一年，《手記描寫一種情色》在聯合文學出版。九歌為其出版《蕭索與華麗》散文精選集。長篇小說《北風之南》開始在《自由時報》副刊連載，後由聯合文學出版。

二〇〇〇年七月，爾雅出版社為了成立二十五周年，除邀請王德威主編《爾雅短

000 年 7 月，爾雅成立二十五周年，在天下「93 人文空間」舉辦茶會，以「夏日・爾雅・詩」邀請多位詩人上台朗誦世紀之詩，並有小提琴演奏。同時出版詩、散文、小說選集。隱地、林碧真夫婦和當日出席部分貴賓合影，左起：蕭蕭、王德威、簡靜惠、柯慶明、陳義芝。

篇小說選》，柯慶明主編《爾雅散文選》，陳義芝主編《爾雅詩選》外，還於四至九月，接受詩人蕭蕭統籌出版「世紀詩選」，計有周夢蝶、洛夫、向明、商禽、席慕蓉等十二家，蕭蕭在〈編輯弁言〉中說：每冊「世紀詩選」中都包涵了詩人小傳、詩觀、詩人著作書目，重要相關評論索引以及精選詩作，附上的單編評論不只評論，讓讀者同時可以照見評者和被評者，在詩美學經營上的繁複壯麗。

《二〇〇〇臺灣文學年鑑》，由行政院文建會出版，發行人陳郁秀，總策劃杜十三，主編・評論組白靈，編輯組林德俊，資料組陳靜瑋，採訪組楊樹清、網路組須文蔚，美術組鄭珍、攝影組陳文發。十六開本，五五〇頁，民國九十一年四月出版。

文建會主委陳郁秀在編序中引美國第二任總統亞當斯的觀點，說了一段語重心長的話——「……二〇〇〇年的臺灣政壇有何波瀾，社會有何八卦，股市有何變化而為人所棄忘，相反的，二〇〇〇年的文壇有哪些精采的創作，有那些感人的人與事，有那些撼動人心的發表……被當成二〇〇〇年臺灣重要歷史形成的成分保存下來，如果沒有這個文學的成分存在，臺灣在公元二〇〇〇年，這個歷史關鍵年代中，將是欠缺靈魂面目的一年。」

二〇〇〇年十月十二日，瑞典皇家學院公布二〇〇〇年諾貝爾文學獎得主為入籍法國的華人作家高行健。

爾雅出版社，曾於前一年——一九九九年出版趙毅衡著《高行健與中國實驗戲劇》編入爾雅叢書329。高行健的《靈山》，出版於一九九〇年，《一個人的聖經》出版於一九九九年，均由聯經出版公司印行。

二〇〇〇年六月十七日，五〇年代一位重要的小說家張漱菡過世，享年七十歲。張漱菡於一九五三年出版的長篇小說《意難忘》，獲一九五六年「中國青年寫作協會」舉辦的「讀者最喜愛的小說家第一名」，為當時寂靜的文壇，投下最初引人注目的聲音，後來出版的《江山萬里心》、《雲橋飛絮》和《翡翠田園》等長篇，均受到好評，她主編的《海燕集》，收錄五〇年代重要女作家的小說和散文，影響力深遠，作家包括林海音、琦君、徐鍾珮、鍾梅音、張秀亞、潘人木、孟瑤、郭良蕙等。

二〇〇〇年十月六日，另一位重要又多產的女作家孟瑤過世，享年八十一歲。孟瑤，原名揚宗珍，生於一九一九年，她的代表作《給女孩的信》、《心園》、《危巖》、《窮巷》、《亂離人》、《幾番風雨》、《浮雲白日》……都是五〇年代膾炙人口的作品，孟瑤也熱愛戲劇，曾任教於國立中興大學，另著有學術著作《中國戲劇史》（四冊），《中國小說史》（四冊），由文星書店於一九六五和一九六六年出版。

一本人性鍛鍊的書

在爾雅八百本書中，到底哪一本書，最讓你念茲在茲？

其實鼎公的每一本書都有魔力，但在魔力之中，有一本更神奇的書，尤其對我這個愛文學的人來說，鼎公的《文學江湖》，好像是一本走在地道之中的書，怎麼走，都感覺臺北是一個奇特的「雙城之城」。

《文學江湖》以鼎公一九四九（民國三十八）年五月二十六日，上海撤守，隨上海軍械庫乘船到基隆，開始寫起，寫到一九七八（民國六十七）年九月二十，鼎公赴美，任西東大學雙語教程中心中文主編止——前後將近三十年，所以書名《文學江湖》之後，還跟著一個副題——「在臺灣三十年來的人性鍛鍊」。

這三十年，一九四九至一九七八年，也就是民國三十八至六十七年，我完全和鼎公生活在同一個空間——臺北。鼎公比我大一輪——我們相差十二歲，他從基隆上岸，我正在唸女師附小三年級，我用過的坐椅，說不定他也坐過。在師範的「當代文人風範」——《紫檀與象牙》一書中，有這樣一段：「女師附小的學生課桌是雙人座，在編排坐位時，我與鼎鈞被編在同座……」原來一九五一年，「中國文藝協會」舉辦小說研究組，鼎公和師範、蔡文甫等人都去報了名，他們上課的地點就是借用坐落在公園路的女師附小教室……

一九五〇至一九五六年，鼎公在「中廣公司」服務的那六年，正是我從小學到初中的階段，新莊初中畢業，讀育英高中時，鼎公開始擔任《徵信新聞》（中國時報前身）撰述委員，也展開教書生涯（兼任臺北市德育商職國文教員），我讀政工幹校（一九五九—一九六三），鼎公一方面接受作家王臨泰創辦的《亞洲文學》，應邀任編輯委員，一方面以方以直筆名開始在「人間副刊」寫方塊，獲「中國文藝協會」文藝獎章，並繼續在育達和汐止中學教國文，也同時在國立藝術專科學校夜間部兼任講師，一九六四年起，鼎公開始在世新、國立政治大學新聞系中國文化學院大眾傳播系兼任講師，彼時，我剛從軍校畢業，分發到大甲水美山任海防部隊幹事，等到鼎公一九六五年入《徵信新聞報》主編「人間副刊」，我被調回警備總部編《青溪雜誌》，夜間到林海音女士主持的《純文學月刊》任助理編輯，也開始向鼎公編的「人間副刊」投稿。後來我在文星書店出版的短篇小說集《一千個世界》十分之八九，其中的小說均先在「人間副刊」刊出，我可以說，就是遇到鼎公這位貴人，得到他的賞識，才在文壇初露嫩芽。

等到一九七二年九月我入《書評書目社》工作，剛好「華欣文藝工作聯誼會」成立，鼎公為十名理事之一，一九七五年「爾雅出版社」創立，鼎公擔任「復興文藝營」駐營講師，一九七七年，瘂弦赴美國威斯康辛大學東亞研究所讀碩士學位，所留「幼獅文化公司」期刊部總編輯和「復興文藝營」營主任職位，均由鼎公代理。一九七八年，鼎公赴美前夕，他曾擔任「吳三連先生文藝獎」評審委員，他在離臺前交出兩部稿件——《靈感》，作者自印，交吳氏圖書公司發行；另一冊《碎琉璃》，特為老友蔡文甫成立九歌出版社而寫，原為「九歌文庫」創業作第一號作品，後因「遠景」負責人沈登恩建議，認為夏元瑜的《萬馬奔騰》書名能顯現好采頭，《碎琉璃》遂成「九歌文庫」之二。

我之所以不厭其煩的將鼎公和我在一九四九至一九七八，三十年間對照回顧，主要想說的，鼎公和我活在同一時代，他所經歷的，也都是我知曉的，可為何《文學江湖》中所寫的，許多我又頗為陌生，甚至書中許多離奇情節，完全是我不知道的，突然我覺得臺北原來另有地道，一個地上之城，一個地下之城，相形之下，我自己過的生活，在克難年代，只感覺物質上的貧窮，以及精神上的苦悶，但尚未感受到精神上的威脅，工作上偶有壓力，但沒有思想上的壓力，像鼎公書中描述的彷彿〇〇七情報員似的生活，我是一面讀一面始終感覺心驚肉跳的，如第二三六頁有這樣一段：

我在中廣那六年，感覺臺灣如同一望無邊的荊棘叢，我置身其中，姿勢必須固定，如果隨便舉手投足，就可能受到傷害。那時有一段文人自嘲的話暗中流傳：「你心裡想的、最好別說出來，你口裡說的、最好別寫出來，如果你寫出來、最好別發表，如果發表了、你要立刻否認。」六年以後，好像這一片荊棘比較稀疏了，人人急於摸索自己能有多大空間，這些人活動筋骨，伸個懶腰，他們聚集的地方就是民營報紙，我決心參加探險，從此我這條小魚離開了張道公的龍門，游向江湖。

從黨營事業，鼎公後來改向投身到余紀忠的《徵信新聞》，一方面編「人間副刊」，並繼續寫方塊文章。「『小方塊』的性質和中廣的節目大不相同，它的精神是批判，它的眼睛看缺點，可以說那時候它是站在中廣的對立面……」而這樣的職業調整，對鼎公來說，是一種平衡。

六〇年代，鼎公只有五十上下，卻感覺自己全身上下都是病，他形容自己：「前額的皮膚慢慢成黑色，像一片烏雲遮下來……胸痛……症狀很像狹心症……又容易感冒……」

隔了四十年，鼎公已九十高壽，書一本本出版，還完成了近百萬字的「王鼎鈞回憶錄四部曲」，二〇一二年出版的《度有涯日記》，我們看到一向不愛照相的王鼎鈞居然出現了好多張照片，而且嚴肅的表情裡出現了笑容，啊！鼎公如今是一位健康、慈祥又有笑容的老人，筆力雄健，猶如少年，他繼續寫作，頭腦清新，二〇一五年，在臺北歷史博物館，和著名畫家李山一同展出「題詞書畫合璧」。

兩位藝術家笑容可掬的在一起合影，鼎公說：「李山和我是抗戰時期一同穿草鞋的流亡學生。抗戰勝利，他雛鳥回巢，我飛到東北華北覓食，各人面對自己的命運，斷絕音信。社會加工造人，他畫畫，我寫文章，重逢已是四十年後。」

四十年後，李山到王鼎鈞住著的紐約開畫展，他專攻駱駝，是第一流的畫駱駝高手，鼎公為他的畫題字、配詩，兩人合開書畫展，成為文壇畫壇佳話……回過頭去，再讀鼎公四十年前說自己病的文章，甚至做為附錄，重新刊登，到底目的何在？

我要讓許多現在年紀輕輕自以為患了憂鬱症，看來一切前途無亮的人，趕快打起精神，我們的身體潛力無窮，只要你想好好活下去，你就會活得很好，峰迴路轉、否極泰來，人在世上，面對諸種磨難，本是常態，人性更需鍛鍊，不吃苦中苦，那有人上人！

附錄
冷戰時期的心理疲倦

王鼎鈞

我想我得了憂鬱症。

六十年代，我家的艱難已經度過，弟弟考取公費，赴英國劍橋大學讀書，得到博士學位，妹妹師範學院畢業，應聘到名校教書，她婚前婚後一直細心照顧父親，妹丈也處處周到，真是應了家鄉代代相傳的老話：「有好兒子不如有好媳婦，有好女兒不如有好女婿。」我兼差，寫稿，略有虛名，可以知足惜福，曾任臺灣師範學院院長、臺灣省教育廳長的劉真，每次在公共集會中相遇，他總要說一句「你了不起！」

可是我的健康出了問題。我覺得非常疲倦，早晨本是一個人精神最好的時候，可是我從起床那一刻就筋骨痠軟。前額的皮膚慢慢變成黑色，像一片烏雲遮下來，依照相書上的說法，我交了「華蓋運」，冥冥之中小鬼替我打傘。也就在這時候，我讀到王國維的那首詩，「出門惘惘欲何之，白日昭昭未易昏。」恨不得那就是我的作品。

然後是頭痛，醫生說這是肌肉緊張引起的，他開了藥方，我吃了無效。另一個醫生告訴我，頭痛的原因有幾百種，沒有辦法一一檢查，他給我開鎮靜劑。我並不需要藥物幫助我入睡，我的睡眠時間很長，軍營中培養的好習慣——早起完全拋棄了，星期天的時間多半消耗在亂夢裡。我眼皮沉重，依然頭痛。

我非常容易感冒，感冒治好了、扁桃腺繼續發炎，扁桃腺消炎了、咽喉裡還有一塊嚥不下去的東西。一位醫生勸我把扁桃腺割掉，另一位勸我不要割。扁桃腺是個累贅，腦袋也是個累贅，我身上的每一件器官都是累贅，但是一個也不能少，要命的重擔我必須挑起來。

後來增加了胸痛，帶來最大的困擾，症狀很像狹心症，左臂發麻，呼吸困難，「發病」常在夜半，睡眠中喘不出氣來，自己把自己憋醒了。狹心症可怕，趕快跑到醫院急診，醫生看了心電圖說「你回家吧」。第二天看門診，醫生勸我每天喝一小杯白蘭地，我試過，慢慢啜一小口，心臟就劇烈的跳起來，加上頭暈。漸漸的，臺北市中山北路「美而廉」的咖啡本是我的最愛，我也戒絕了。漸漸的，茶也不敢喝了。

遍求名醫，臺大醫院心臟科陳炯明，榮民總醫院心臟科姜必寧，胸腔科星兆鐸，中心診所腦神經科施純仁，臺灣省立醫院內科熊丸，他們受朝野上下一致信賴，可是他們甚至對我的便祕都束手無策。星兆鐸醫師沒有藥方給我，他只說「你的情況我知道」，奇怪啊，他知道甚麼呢？他知道甚麼呢？

厭惡公共集會和社交活動，我工作很忙，容易找到藉口缺席。我厭惡和別人溝通協調，認為那是虛偽敷衍，我從未好好的處理人際關係。中廣公司節目部教我做科長、組長，我堅決拒絕，我把行政工作看成「馱黃金的驢子」。王健民教授對我說：「一個人若是怕麻煩，他的事業前途就會受到限制」（謝謝他這個好心人！）我是點不醒的，哈哈，事業前途！我只有在寫文章的時候覺得還可以活下去，那就埋頭爬格子吧，今日有文章今日寫，那時有一首歌曲流行：「你說甚麼我不知道，不要提起明朝！」

一度住進臺大醫院的精神病科仔細檢查，主治醫師寫了很長的病歷，卻沒有提到憂鬱症，是否那時候（六十年代）還沒有這個病名？我在精神病科也有收穫，我看到關在鐵欄杆後面的病人痛罵醫生和護士，辱及祖先，而被罵的人好像一個字也沒聽見，照常工作。那時臺大醫院以服務態度粗暴聞名，病人形容醫生護士像刑警，那時臺灣兇殺案很多，我擔心有一天退伍軍人會闖進來丟個手榴彈，第二天圖文血腥占滿各報社會新聞版，接連炒作幾天，成為「本週賣點」。來到精神病科，刑警都變成菩薩，打開了我的眼界，也打開了我的心胸。

駱仁逸對我說：「這麼多名醫說你沒有病，你就是沒有病。」是這樣嗎？是這樣嗎？司馬桑敦告訴我：「心理上的病，常藉生理的狀態顯現。」是這樣嗎？是這樣嗎？吳心柳介紹甚麼人的一句話給我：「越是接近頭頂的病，越需要心理治療。」是了！也許是了！

（節錄自《文學江湖》頁三四七—三五〇）

奇蹟

王鼎鈞回憶錄前面三部——《昨天的雲》、《怒目少年》和《關山奪路》，合計約六十六萬字，寫的全是他二十四歲以前的事情。老作家在歷史之礦挖掘六、七十年前的舊事、人名、地名甚至城市到縣城之間的里程數，全部寫得清清楚楚，讓人驚嘆他神奇的記憶魔力。

鼎公從十七歲離開家鄉到千里外的阜陽讀流亡中學，後來跟著學校西遷，經河南、湖北、陝西到瀋陽、天津、上海等地當憲兵。來到臺北，在中廣、中國時報和中視當編審和副刊主編，之後旅居美國四十年。鼎公一生走的都是單行道，再也沒回到這些地方。

二〇一五年二月二十四日，農曆新年過後第一天上班，從電子信箱裡，我接到鼎公寄來他剛發表於兩天前《世界周刊》上的〈勇士月曆〉，這是鼎公最新發表的文章。

九十歲的鼎公，仍然關心七十年前的七七抗戰。

我曾編過兩本最有意義的書——《王鼎鈞書話》和《白先勇書話》，前者是為我最敬仰、最崇拜的作家編的書，後者是為我同年歲的兄長白先勇編的書，他七月十一日生，比我大四個月，沒有他的犧牲自我精神，不會有今日的爾雅，先勇是我的保護神。

因為編過鼎公的大事記，我對他的往事朗朗上口——十四歲開始「一生漂泊無定」的「半流亡」人生。民國二十八年，日本侵華，鼎公就參加了家鄉人組織的游擊隊。

「王鼎鈞回憶錄四部曲」之一——《昨天的雲》，全書十四章，從第一章〈吾鄉〉至末章〈母親的信仰〉，寫的就是王鼎鈞的「少年時代」，於是我們在山東地圖上讀到一個發光發熱的蘭陵鎮，認識了許多蘭陵鄉賢，也知道了蘭陵美酒……

一九四二年，鼎公十七歲，父母決定讓他離開家鄉，到淪陷區外的阜陽，去讀安徽阜陽李仙洲將軍主持的「二十二中」——到後方去「流學」——黎明，父親要母親交代幾句話，之後，看著他喝了稀飯，逼著他吃了包子，母親還為他作了禱告。

接下來，鼎公一口氣奔了五哩路才回頭，已經看不見蘭陵。

那是一九四五年，鼎公二十歲。

「少年十五二十時」，多麼美好的年歲，正是一生中的黃金年代啊，但鼎公從十七歲「出門一步，便是江湖」，自此，和許許多多同年齡的「抗戰少年」開始了他們的「流亡學生」生活，迎接他們的是受苦的日子。為什麼受苦？因為戰爭。戰爭是什麼？

「是離別，是勞碌，是疾病，是飢餓，是欺騙，是毆打，甚至是死亡。但是，戰爭又是什麼？是忍耐，是鍛鍊，是擔當，是覺悟，是熱情，是理想。戰爭給我們一枚金幣，以上芸芸、是金幣的兩面，有了這一面、必有那一面，失去那一面、也沒有這一面。以我來說，如果沒有二十二中，我不能熬過內戰，也不適應初期的移民生活。」

（見《怒目少年》三八七頁）

一九四五年八月，日本投降，抗戰勝利，雖是流亡學生，總算完成初中學業，以為勝利帶來和平，從此可以返回蘭陵家鄉，沒想到天下又亂，國共內戰展開，從一九四五打到一九四九，鼎公在戰火裡成為一個兵……。

這一部分，鼎公寫成了回憶錄第三部《**關山奪路**》。

附錄
勇士月曆

王鼎鈞

中國對日抗戰勝利七十年後，國防部終於出版一本月曆，表揚作戰傷亡的官兵，稱之為勇者。

為什麼要說「終於」呢？想那勝利前後，談到這一場關於國家存亡的大戰，只聽見眾口一聲推許蔣委員長、蔣主席的英明和毅力，「領袖決定一切」。後來，民間的論述漸多，只聽見這裡那裡此起彼落，這個上將那個上將如何部署，如何指揮，立下彪炳戰功，「幹部決定一切」。七十年後，這才輪到無定河邊骨，想起生男埋沒隨百草，增添一項「群眾決定一切」。

想當年戰時語言，政略決定戰略，戰略決定戰術，戰術決定戰鬥。又道是戰略錯誤，戰術不能補救，戰術錯誤，戰鬥不能補救等因，奉此，勝利的榮耀理當歸於那決定政略戰略的人。但是下面還有一段話呢，倘若戰術戰鬥失敗，戰略也不能實現。作戰計畫完美，戰場上一片降幡，徒然文士筆尖殺賊，書生紙上談兵，勝利豈會從天上掉下來？

現在從新聞報導得知，「抗戰犧牲官兵勇士國魂月曆」列有官方的統計數字，抗戰八年，國軍有二六八位將領戰死。日軍呢，我查了一下，非官方統計，有四十四位將軍陣亡。這些數字應該準確，將軍不比士兵，活要見人，死要見屍。我們不是研究歷史，只是尋找一個概念，用除法計算一下，中國軍隊平均用六位將領拚他一個將領。這表示什麼？將軍通常是最後死亡的人，甚或是僅以身免的人，「一將功成萬骨枯」，一將身死也是萬骨枯，將軍陣亡，可知戰況之慘烈，官兵之壯烈，戰績之偉烈，陸軍（僅僅是陸軍）官兵有三二一萬人傷亡，而且實際上應該不只此數。

不管你多麼討厭國民黨，只要你還有心肝，你怎麼能忍心說他不抗戰！如果你連這樣的話都說得出口，你怎麼還能做歷史家，做知識分子，你怎麼還能做兒女的父母，做部屬的上司，做中國人的子孫！

國防部在日曆上稱戰死的官兵為勇者，好像古時候的諡號。智仁勇，聖賢建立的三達德，古人心目中的普世價值。沒有人十全十美，仁者智者勇者分立並存，都是人傑，到了在國家這個大組織之內各就各位的時候，顯然有內外前後，智仁勇，為什麼把「智」放在前面？為什麼「仁」不在第一順序？談到抗戰，仁是基本態度，核心價值，發展方向，終極目標，我願意說仁智勇。

抗戰大業由仁者、智者、勇者合力完成，仁者居於政略的層次，抗戰是為了救人，救本國人民，也救敵國人民，打倒日本軍閥，中國人民免於殘暴的統治，日本人民不為瘋狂的侵略陪葬。中國傾全民之力，使侵略者只能失敗，不能成功，給後世留下深刻的教訓，有助世界和平。打仗，打勝仗，怎麼打？這得有智者居於戰略的層次，運籌帷幄之中，出奇制勝。打仗，誰來打？這得有勇者居於戰術戰鬥的層次，前仆後繼，決勝千里之外。**仁者立境界，智者有方法，勇者能實行**。沒有仁，沒有正義；沒有智，沒有勝算；沒有勇，沒有戰果。在歷史的大舞臺上，這才是理想的結合：仁者作曲，智者奏樂，勇者起舞。

抗戰時期，日軍佔領了半個中國，這一片土地稱為敵後。敵後的老百姓紛紛組織起來，跟日軍打游擊戰，消耗敵人兵力，呼應正面戰場，八年下來，也死了很多很多人。這些人不在國軍編制之內，政府對他們無案可查，當然也就不在國防部發表的勇者之列。想當年大家抱怨政府，抗戰先烈沒有名冊，只有數字，而且是不精確的數字，怎麼對得起那些英魂？現在才想到，還有許多英魂連個數字也沒有呢！

向鼎公致敬

二〇一三年眼睛動手術後，發現自己行動不再敏捷，就無形中減少出門的興趣，總喜歡待在爾雅，或窩在家裡。

出國，更是不可能了，我在心裡告訴自己，坐飛機，就不必了。

總之，年輕時候嚮往出國旅行的我，突然，視旅行為畏途。

可見，人的確會隨著年紀老化而改變。

但二〇一五年三月十五日，紐約大學中國學生學者聯誼會，透過網路傳來一張「王鼎鈞九十文學人生回顧座談會」的海報縮影，鼎公托腮昂首坐著，另一隻大手放在桌面上，好一個瀟脫帥氣的慈祥老人，漂亮極了，原來人老了一樣可以這麼美，真是老得漂亮，立即，我動了念頭，這是多麼值得共襄盛舉的大事，我要前進紐約，我要到ＮＹＵ參加盛會，我要當面向鼎公致上自己一份最誠敬的敬意！

文路無盡誓願行
王鼎鈞九十文學人生回顧座談會
活動時間
2014年4月11日
下午二至六時
活動地點
C95 Auditorium
Global Center for
Academic and Spiritual Life
238 Thompson Street
New York, NY 10012
主辦單位
紐約大學中國學生學者聯誼會
協辦單位
紐約大學台灣同學會
大紐約地區中國學聯總會
紐約藝術聯盟

鼎公去國將近四十載，我只在一九八五年前往美國法拉盛，在鼎公府上數日，這是多少年前的事了？那是三十年前的往事，那時鼎公六十歲，我四十八歲，如今鼎公九十歲，我七十八歲，我一定要再和鼎公見一面，為何我要怕坐飛機？把我的想法告訴鼎公，鼎公說，你能來，令我吃驚，誰也沒想到。是的，我自己也不曾想過，此生還會再去一次美國。

心情突然大好，走在街上，陽光灑在身上，臺北難得有如此暖陽，曬得我全身舒暢。

都是因為鼎公的一張照片。我想著海報上的一行大字「文路無盡誓願行」，鼎公的第一本書，書名就是《文路》——一九六三年五月，由益智書局出版。

二〇一四年六月二十四日，鼎公榮獲第十八屆國家文藝獎。

鼎公至今正體字書籍，在臺灣共出版了四十四冊，其中三十一冊，在爾雅均有單行本。這幾年，鼎公的簡體字版本在大陸一年年增多，二〇一三年，「王鼎鈞回憶錄四部曲」在北京三聯書店出版後，多次入選十大好書，並榮獲「在場主義散文獎」。

現在，鼎公在海外學術圈也贏得榮譽，我這個出版人當然要前往道賀，親自向鼎公致敬！

此外，還有一件高興的事是，昨晚和先勇聚餐，他要我寄一套爾雅版的「鼎公作品全集」，他說：「你不要送我，要算錢，朋友向我要一整套鼎公的書。」

我請趙經理開單，想到這一件事，心裡彷彿流過一道暖陽。其實，購買作家全套作品，正是最好的向作家致敬的方法。白先勇的書，王鼎鈞的書，全都值得購買全套——或自己讀，或當禮物送給朋友讀。

鼎公的三十一本書

開放的人生（爾雅叢書1）
靈感（爾雅叢書99）
海水天涯中國人（爾雅叢書118）
看不透的城市（爾雅叢書146）
左心房漩渦（爾雅叢書223）
兩岸書聲（爾雅叢書247）
心靈與宗教信仰（爾雅叢書331）
有詩（爾雅叢書332）
千手捕蝶（爾雅叢書333）

活到老，真好（爾雅叢書338）

滄海幾顆珠（爾雅叢書353）

風雨陰晴（爾雅叢書360）

人生試金石（爾雅叢書379）

文學種籽（爾雅叢書389）

我們現代人（爾雅叢書391）

碎琉璃（爾雅叢書400）

意識流（爾雅叢書411）

山裏山外（爾雅叢書412）

情人眼（爾雅叢書418）

昨天的雲（爾雅叢書431）

怒目少年（爾雅叢書432）

關山奪路（爾雅叢書433）

文學江湖（爾雅叢書434）

黑暗聖經（爾雅叢書500）

桃花流水杳然去（爾雅叢書565）

度有涯日記（爾雅叢書580）
古文觀止化讀（爾雅叢書584）

對照記

一九八三年十月，由傳記文學劉紹唐支持、周浩正主編的《新書月刊》創刊，浩正約我開個專欄，遂決定為《新書月刊》逐期撰寫〈作家與書的故事〉，直到一九八五年九月《新書月刊》結束營業，我將專欄集結成書，於一九八五年十一月由爾雅出版，書中共介紹了三十六位作家——康芸薇、洪醒夫、歐陽子、吉錚、鄭清文、舒凡、林海音、東方白、季季、廖輝英、白先勇、馬森、王鼎鈞、陳幸蕙、琦君、呂大明、張曉風、邵僩、林雙不、喻麗清、蕭颯、張系國、余光中、子敏、保真、愛亞、簡宛、蔣勳、蕭蕭、張拓蕪、席慕蓉、楚戈、張默、亮軒、林貴真和梅遜。

周浩正曾主編臺灣時報副刊，他後來進了中國時報，擔任美洲版副總編輯兼副刊主編，不久又離開了中國時報，某日在街上遇到臺灣時報總編輯蘇墱基，蘇告知劉紹唐先生登記創刊的《新書月刊》急需主編一名，周浩正就如此編了兩年《新書月刊》。

周浩正一生經歷無數，擔任過《幼獅少年》主編，一九七七年創辦長鯨出版社，後來進了遠流出版公司，成為遠流三巨頭之一，另兩位是王榮文和詹宏志。

周浩正，筆名周寧，江蘇嘉定人，一九四一年七月七日生，陸軍官校畢業，和我曾是《書評書目雜誌》時的同事，一九七六年，書評書目出版社曾為其出版書評集《橄欖樹》，二〇〇六年文經社也為他出版一冊談編輯經驗的書——《編輯道》。

生命是不停地翻牌，人生的底牌一一揭曉，總是始料未及，我一九八五年前後，為獻給作家朋友而寫的《作家與書的故事》，當年在〈速寫「馬森」〉時，怎會想到三十年後再寫——馬森，竟然寫的是〈文學史的憾事〉這樣一篇評文。

突然覺得，或許人並不需要永不休止的向前邁進，某些時候，「知止」才是人最不能缺少的智慧！

而周浩正走的是另外一條路，他選擇離開——幾乎一直在出版和編輯的行業闖蕩，他突然結束自己創辦的「實學社」，且遠離他所熟悉的臺北，回到臺中過完全隱居的生活。

附錄

速寫「馬森」

馬森，山東齊河人，民國二十一（一九三二）年生，民國四十三年師範大學畢業，四十八年獲師大國文研究所碩士，五十年入法國巴黎電影高級研究院習導演，五十四年與留法同學金恒杰等創辦《歐洲雜誌》，五十六年應聘墨西哥，任教於墨西哥學院東方研究所，六十一年赴加拿大英屬哥倫比亞大學修社會學，六十六年獲社會學博士，並任教於加拿大阿爾白塔大學及維多利亞大學，六十八年應聘赴英國倫敦大學執教，七十一年返臺探親，執教於國立藝術學院。現任教於臺南成功大學。

看了以上的簡歷，就覺得馬森是一位傳奇性的人物。他十六歲就開始投稿，然後進保守的師大讀中文，又到開放的巴黎習電影，他的一生實在是多采多姿，就像他的寫作，充滿了多樣性，他以「樂牧」的筆名寫系列作品「北京的故事」，以「牧者」

的筆名寫專欄「東西看」，他的小說，有時枯乾冷澀，如〈孤絕〉，有時豐美多汁，如〈夜遊〉，民國七十三年前後，國立藝術學院的學生在耕莘文教院演出他導的荒謬劇《禿頭女高音》、《腳色》、《強與弱》、《母與妻》等，更使人覺得他是一個作品多變的人。他的〈夜遊〉，表面上是一個異國之戀的愛情故事，事實上寫的是東西文化的衝擊，他說：「我們中國從鴉片戰爭叫西方人打開了門戶以後，這種雙方的對流是無法避免的了。就好像兩股相對沖激的海潮，相激的水珠總有一部分叫對方吸引了過去。西方的潮大，我們的潮小，叫西方捲過去的水珠自然就多了。留學生就是被西方的海潮捲過來的一部分水珠，這就是我們的命運，被歷史注定了的，非人力能夠更改。」而「所有在國外的華人，都活在兩個社會、兩種文化的夾縫裏……」。

馬森不是一個乘勝追擊的人，他不會因為別人的讚美寫同樣的故事。他喜歡向自己挑戰，所有寫過的題材他絕不重複，就彷彿爬山，爬過了一個山頭，還有更多不同的山頭吸引著他，他的創作生活，他的藝術生命，將永不休止的向前邁進！

附錄

文學史的憾事

——評馬森《世界華文新文學史》

世事難料。原先特地買回一套馬森《世界華文新文學史》，希望讀過之後向馬森兄寫封道賀信，畢竟從一九八四年起，我就是他的出版人，自《夜遊》開始，前後為他出版過七本書，還邀請他主編《七十三年短篇小說選》和當代世界短篇小說選《樹與女》，直到一九九一年，馬森自己在臺南創辦「文化生活新知出版社」，要求將他自己的書收回版權，要出版整套「馬森文集」；但我們的友誼一直持續。二〇〇九年九月，我在《新地文學》讀到他寫張恨水的文章，還寫信向他約稿。二〇一三年，他從加拿大 email 告訴我寫了一部「華人文學史」，問我爾雅可不可能為他出版，我也一口答應，心想了不起六十萬字分上下兩冊出版，但當我得知實際字數是一百二十萬字之後，我立即打退堂鼓，寫了一封信向他致歉，坦承如此鉅大的一部書，爾雅沒有能力扛起。半年後，剛好有機會參加文化部龍部長一個飯局，席間也有馬森，乘興聊天，我將馬森寫了一部文學史大書的訊息搬上桌面，一方面說目前文學出版的困境，一方面仍然希望馬森的書能有出版機會，龍亦立即答應，只要有出版社肯接這部稿子，文化部多少會設法補助一些出版費用。此時也在座的印刻負責人初安民兄說：「我接，讓印刻來印」，引來全桌賓客歡呼舉杯向馬森祝賀，大家認為這是文壇美事一樁。

可等我拿到書讀了「下編——分流後的再生」（第三冊），愈讀愈覺得這書讓我錯愕又意外，當天幾乎影響到我做事的心情。

晚上回家，我要求自己冷靜下來，這麼大年紀了，怎麼還那麼容易衝動，吃過飯，慢慢讀，不要只讀第三冊，也該讀讀第一、二冊。

第一冊寫得真好，特別是第四章〈從桐城古文到口頭白話〉、第五章〈敘述文體的遞嬗：清末民初的小說〉，這樣的「文學史」，顯然能增長我們的智慧，豐富我們的學識，明明是學術叢書，可讀來那麼有趣，真的好看。

第二冊第二十六章〈光復前的台灣文學〉、第二十七章〈光復初期的台灣文學〉，資料頗多引用《2007台灣作家作品目錄》（國立臺灣文學館），但並未註明。

問題最嚴重出在最厚的第三冊。除前面的三十一章〈第二度西潮的衝擊與影響〉和書尾第三十七章之後，大陸和港澳海外文學，中間有關「現代臺灣文學史」的三百六十五頁篇幅，不管翻到第幾章，前面讀，後面讀，還是一驚又一驚，不太相信，馬森竟敢如此就把一冊「臺灣文學史」交出來了。

這一部分缺點太多的「文學史」——尤其當二十八年前，老作家葉石濤已寫了《臺灣文學史綱》，八年前，國立臺灣文學館就出版了三大部的《台灣作家作品目錄》，三年多前，陳芳明在聯經出版了《台灣新文學史》，這時丟出如此一部所謂的《世界華文新文學史》，就真的太冒險了！

不要和別人比，就自己和自己比一比吧，第一冊「西潮東漸」，絕對是一冊優良出版品，到了第三冊卻急轉直下，讓人讀得瞠目結舌，原因到底出在哪裡？

落差太大。我只能說落差太大，三冊書上，都標明著馬森的名字，為何反差會如此之強？

在這麼多部臺灣文學史之後，要再寫一部，一定要有自己的觀點，資料也需更加充實完備，而馬森這部封面上大大標榜著一個「新」字的「文學史」，資料老舊，亦無新觀點，彷若一張過時的說明書。

馬森在〈序〉文中說：

這本書在心中醞釀已久，真正開筆的時間是筆者於一九九八年在成功大學退休以後的那一年，到全書完成的二〇一四年，驀然驚覺已過了十六個年頭。一本書如何拖延如此之久？第一自然是內容太過龐大、資料太過繁多；另一方面，筆者並非只集中精力寫此一書，而是同時做了別的事、寫了別的書；再加上求備心切，不願急就，正好在筆者退休之後的悠遊歲月，容許筆者在時間上不惜揮霍。

正是這一段話，讓我們明白馬森寫「文學史」，雖一寫十六年，卻不專心，何況，如此「內容龐大」、「資料繁多」之書，絕非一人之力可以完成，馬森太貪心，想要寫盡「世界華文作家」，心有餘力不足，還在十六年當中，去寫了別的書、做別的事，太輕敵了，這一戰，打到後來，也就必然「一敗塗地」了。

如果馬森不要太自信，書名改成「二十世紀的華人文學」，把時間限定在二〇〇〇年，或者在序裡明說——我的資料只做到二〇〇〇年。二〇〇〇年後，自然後面會有新的史家或文學工作者會來接棒，這部書的缺漏也就會大大減少，至少不會引來像我這樣的人大呼小叫、大驚小怪了。

更好的狀況是，馬森就只寫三〇年代的文學，這是他的專長，寫小說寫散文寫劇本、評論之外，因為在大學教書，是一位學者，對三〇年代的作家和史料瞭如指掌，晚年能出版這樣一部大書（僅第一冊）真是功德圓滿。至於第三冊，不寫比寫好，寫了就自曝其短，令人至為遺憾。

第三冊——分流後的再生——臺灣文學史和海外華文文學，寫得吃力又不討好，猛一看，什麼都點到了，仔細讀，發現馬森只是在抄資料，看得出來好多作家的作品，他完全未讀，於是只好藉齊邦媛、余光中、葉石濤、夏志清、顏元叔、尉天驄、龔鵬程、陳芳明、王德威、瘂弦、高天生和張默等人的觀點，像灑胡椒粉似的四處噴灑，變成一本引文之書。引了別人的文章卻又不尊重別人，把人弄得啼笑皆非——譬如他引了將近五十小段陳芳明評當代作家的作品，卻批評陳芳明的《台灣新文學史》——「殖民與後殖民文學理論」；又說陳的文學史在四大文類中缺了「戲劇文學」，「好像一張三條腿的八仙桌，站得不夠穩固了」（見一二六三頁）；馬森也引用了許多齊邦媛教授的引文，但在論述對齊邦媛的觀點時，突然放出一記回馬槍：「齊邦媛的文學評論有其特殊的品味與堅持，偏愛司馬中原式的作品，難以接受新生代有色的書寫，譬如陳雪、紀大偉、駱以軍等作品就不在她的關照之列了。」

這些話也不公允。

馬森也引了我的話：「……而且遺忘了許多臺灣作家中不該遺忘的名字」來點醒陳芳明《台灣新文學史》的不夠周全，輪到他自己寫「臺灣文學史」結果遺忘了更多名字，我並未一一細查，就輕易發現馬森遺漏了朱介凡、林谷芳、姚宜瑛、丁文智、王令嫻、林柏燕、傅月庵、李藍、張素貞、周浩正、沈謙、彭鏡禧、王安祈、沈臨彬、孫康宜、師瓊瑜、袁則難、吳敏顯、薛仁明、陳育虹、羅英、尹玲、李進文、林德俊、林婉瑜、薛莉、凌性傑、凌拂、曾淑美、陳斐雯、沈花末、荊棘、林佩芬、隱匿、李煒、孫梓評……旅美三大女作家，有於梨華和吉錚，卻漏了孟絲；有張繼高，怎可沒有被稱為「中廣雙璧」的王大空？列了張耀仁，漏了張耀升；列了熊秉明，漏了熊秉元；有蔣芸，卻不記得重返文壇的蔣曉雲；有高天生，就不能沒有高全之；有依風露，也不可忘了年輕的衣若芬？有九把刀，卻沒有御我；有大哥大李敖，卻沒有小妹大陳文茜；既有年輕的黃崇凱，就不能沒有才華洋溢的黃麗群。「人名索引」中有楊渡和羅葉的名字，但完全找不到他們的簡介。愛亞的《秋涼出走》、《想念》和《暖調子》都是大田出版社印行的書，馬森卻說是爾雅的書；《走看法蘭西》是麥田出版社的書，馬森也說是爾雅的書。鍾理和的《故鄉》，大行出版社的書，而非大江出版社。白先勇的《孽子》、《寂寞的十七歲》，如今都是允晨出版社的書，馬森還在用老資料，說是遠景的書；《紐約客》是爾雅的書，卻硬要把香港的文藝書屋拉進來，王敬義人都不在了，何況當年王完全漠視著作權法。鼎公的「王鼎鈞回憶錄四部曲」，二〇〇九年就全部完成，至二〇一三年，中間又出版四種新書，馬森在鼎公的書單裡全部闕如，他僅提到《怒目少年》為止。大荒、馬各、舒暢、周腓力和王祿松都走了五、六年或超過十年，馬森的書裡，給人的感覺好像這些人都還活著。此外，將楊牧列入「創世紀詩人群」，將「現代詩社」的梅新歸入「未結盟詩人群」，均屬不妥。更奇怪的是第三十四章——〈台灣現代小說的眾聲喧譁〉，將小說家分成五類——「軍中小說家」、「現代主義中的鄉土」、「女性小說家與女性主義」、「通俗小說家（歷史、言情、武俠、偵探、科幻、奇情、鬼怪等）」和「從現代到後現代」，把師範、蔡文甫、康白和我放在軍中作家，把孟瑤、張漱菡、畢珍、梅濟民放在通俗作家，都令人覺得突兀。

至於第三十六章〈台灣的當代散文〉，馬森居然能將散文分為以下十大類——柔性散文、剛性散文、學者散文、文化社會評論、報導散文、專欄散文、旅遊散文、田園、環保與自然散文、飲食散文、資料散文。

散文就是散文，還分什麼剛性、柔性，只因為男作家寫的，就歸入剛性散文，女作家歸入柔性散文，馬森是到過世界各國，甚至在西方國家教過書，什麼場面沒見識過，怎麼還充滿性別僵化思維？

此外，詩人、作家、小說家和戲劇家，文人的稱謂，有此四項已足夠使用，馬森卻把四大文類作家又加上以十七、八等分級，什麼海外作家、軍中作家、通俗作家……在散文類中，還因寫作者有學院身分，特列「學者散文」諸如此類，訂製各種帽子，想把作家身分框住，而本書所以讓人讀得發狂，就是馬森的階級意識作祟，文學藝術的世界，追求的就是眾生平等，只要作品有特色，有境界，都會受到歡迎。

所以將作家分類，反而綑綁了作家，於是雷驤、陳列、舒國治都成了旅遊散文家，陳列這麼重要的作家，全部只有四行半基本資料，一句評語也沒有。請問馬森到底有沒有讀過任何一本陳列的書，怎麼可以隨意將他放入旅遊作家；又如將寫長篇小說《野馬傳》的司馬桑敦列為「報導散文家」，真是豈有此理；此外，老詩人向明一九九七年後還有十七本詩集和詩話集，馬森居然完全視而不見，這不是個別現象，幾乎對百分之七十的作家都是如此。新書資料，一漏能漏十五、六年，每個作家的後期作品，大都一片空白。

寫文學史當然不易，這應當是一個團隊的工作，馬森卻想一個人獨力完成，還要為全世界的華人文學家寫傳寫史，實在是太輕敵了。能寫出像第一冊這麼有深度的文學論述和評介，可見馬森有能力，也曾經是認真的，遺憾馬森未能持續這種認真態度，以至於寫到第三冊後繼無力，使得一本可以有意義的文學史，寫成不具出版價值之書。這種失望，對馬森似乎也有欠公平，畢竟他投入了十六年的心血，但也不能怪我，只要稍稍對臺灣文學有點瞭解，就會發現，他如此輕忽臺灣作家，把一本原本可以釐清我們對臺灣文學歷史演變的書，弄得亂了次序，未能點亮作家應有的光亮，反而讓作家的面貌模糊不清。除了漏列許多不該遺漏的作家，也加進了一些不該加進的名字，說來真的是太可惜、太可惜了。

此文一開頭說：「世事難料」，確實，我們都希望對朋友說好話。古人說：「厚德載福」。而馬森的「文學史」讓我的寬厚潰堤，這才是可能讓我生氣的原因，誰希望看到一個不厚道的自己？讀一部朋友的書，結果寫了這樣一篇不厚道的書評，也一樣可惜了，可惜了。

——二〇一五、二、二十二日脫稿；三月二十一日
《聯合報》副刊「周末書房」刊出。

2005年，隱地、林貴真與爾雅同仁（左起）趙燕倡、廖烈槩、簡志益、柯書湘、彭碧君、李香華合攝於爾雅書房。（荊慧敏攝）

二〇〇五年

二〇〇五年，瘋迷王建民成了全民運動，打開電視全是洋基隊的賽事，一九七四年生的散文家房慧真說，「世界是個大運動場」（註）。

二〇〇五年，東京的居民人數已達三千五百三〇萬，成為世界上人口最多的城市。

二〇〇五年，中國大陸第十三億人，在北京出生。

二〇〇五年，地球失控，氣候反常，卡崔娜颶風侵襲美國路易絲安納州、密西西比州、紐奧良八成被浸在水裡。

二〇〇五年，印度成為愛滋病感染人數最多的國家。

二〇〇五年，新式國民身分證全面換發。

二〇〇五年二月二十四日，簡體字書店正式攻進臺北。上海季風書園，透過聯經出版公司，正式在忠孝東路四段聯經書店二樓以「上海書店」名義營業。

二〇〇五年三月《張秀亞全集》十五冊，共七四〇〇頁，由國家臺灣文學館出版。

二〇〇五年四月，白先勇短篇小說〈孤戀花〉，由蕭颯改編電視劇本，在華視頻道播出，導演為曹瑞原，十一月，榮獲金鐘獎五項大獎。

二〇〇五年五月，黃春明在宜蘭創辦《九彎十八拐》文學雙月刊。

二〇〇五年七月二十日，爾雅出版社三十年社慶，由爾雅發行人隱地編了兩本社慶書——《書名篇》和《詩集爾雅》。

二〇〇五年十二月十五日，中央大學中文系主辦的「永恆的溫柔——琦君及其同輩女作家學術研討會」，在臺灣師範大學國際會議廳舉行。

二〇〇五年，兩位八十七歲同齡的老作家——潘人木和魏子雲分別於年底十一月和十二月過世。

二〇〇五年過世的作家還有王琰如（九十一歲）、黃武忠（五十六歲）、鄧文來（七十五歲）、陳其茂（八十歲）、郭松棻（六十七歲）、婁子匡（一〇〇歲）、馬各（八十歲）、吳漫沙（九十五歲）、李篤恭（七十七歲）和年輕的黃宜君（三十歲）。

二〇〇五年，曹又方由圓神出版社印行了兩本自傳——年初一本《靈慾刺青》，年尾一本《愛恨烙印》。

曹又方於二〇〇九年過世，享年六十七歲。

爾雅於一九八九年五月，將曹又方於一九七〇年在大江出版社印行的第一本書《愛的變貌》，改以三十二開本，並更換新書名《假期男女》出版。二〇〇九年，再度改回原書名《愛的變貌》，以二十五大開本印行。編號爾雅叢書517。

二〇〇五年，「王鼎鈞回憶錄四部曲」之三——《關山奪路》出版，年底榮獲聯合報二〇〇五年最佳書獎。

二〇〇五年九月，季季出版回憶錄《寫給你的故事》，細數〈文星與明星〉、〈鷺鷥潭已經沒有了〉等自己和別的作家朋友往事，是關於五、六〇年代文壇追憶錄最珍貴的國寶書，離她第一本書《屬於十七歲的》（皇冠），中間隔了三十九年。

二〇〇五年，東吳大學教授張曼娟，創辦「張曼娟小學堂」，致力於兒童語文教學。她在二〇〇五年由麥田出版的《人間好時節》，並贏得由《聯合報》、《印刻文學生活誌》和「誠品書店」合辦「我的文學閱讀推動活動——大專院校篇」獲得多數讀者支持而上榜。

二〇〇五年，風水輪流轉，持續出版三十一年的「年度短篇小說選」，已由「爾雅」轉到「九歌」，九歌的《九十四年小說選》由蔡素芬主編，年度小說獎得主為東方白。

兩家出版社做的雖是同一件事，但還是有些不同，首先九歌將爾雅書名中的「短篇」兩字取消了；其次「洪醒夫小說獎」改成「年度小說獎」，近年來，九歌更縮減書名成「**小說**」、「**散文**」，突顯主題，而將「九歌一〇一年小說選」和「九歌一〇一年散文選」成為小字體的副標。

還有更大的不同，在於九歌以單一商品處理「年度文選」。九歌從來不做「年度連續廣告」，你在九歌的任何一本「年度文選」上看不到其他年代的年度小說或散文選的廣告。一本做完，就做完了。明年的一本是一本全新的書——從封面到設計，九歌不懷舊，九歌向前看。這點或許頗能貼近現代年輕讀者的心。所以九歌的「年度選集」能繼續出版，爾雅的「年度選集」都停了。

二〇〇五年，「年度詩選」也一樣，原先的《七十年詩選》（張默編）到《九十一年詩選》（白靈編），書名保持了二十年。二〇〇三年轉到二魚出版社，書名從此改變，成為《二〇〇三臺灣詩選》，但至少在接編的第一年，還在書後附了一張「年度詩選小史」，承續風格猶在。

總算尚有一些蛛絲馬跡。

註：原載二〇一一年九月出版的九十七期《印刻文學生活誌》——「一九四九之後民國在台灣」專號，頁二一一。

定音大書
——《新文化苦旅》

二〇一五年三月三日，下午三點半至五點半應先勇之邀，到臺大文學院博雅堂一〇一教室聽余秋雨講「從中國文化史觀看崑曲美學的重要性」，兩個小時連續講下來，余秋雨沒喝一口水，歷史、地理、文化全在他抑揚頓挫的聲音裡，豈止滔滔不絕，美妙的音量簡直像海浪般洶湧而來，讓臺下的男女同學以及平時上白先勇紅樓夢課程的一些老學生聽得癡迷不已。一九九六年十二月二十三日，歷史博物館、爾雅和中國時報人間副刊三個單位曾聯合為余秋雨教授在臺北市政府大禮堂辦過一場大型演講，我還代表三家上臺向余教授獻花，一九九八年，還將他歷年赴臺的演講稿輯印成書，書名就是《余秋雨　臺灣演講》，所以余教授的演講，前後我聽過若干次，如今又隔了好多年，重聽其演講，覺得比以前講得更穩重，整個人也更自在，靠近七十歲的人了，怎麼看起來比十年前更帥氣，身材也絲毫未走樣，或許因比先前瘦了些，顯得更有精神，而且感覺得出來，這十年他一直繼續在讀書，記憶也處在最佳狀況，回答每一個問題，答得也都恰到好處。

感謝白先勇於一九九二年將余秋雨的經典《文化苦旅》介紹給爾雅，之後又出版了《山居筆記》和《掩卷沉思》，而二〇〇八年的《新文化苦旅》，厚達七二六頁，我自己一直將它放在最醒目的書桌前，能得到這本厚重的定音大書的授權出版，是爾雅的驕傲，也是身為出版人我的驕傲。

寶庫

——關於《圖文版新文化苦旅》

一九九二年，爾雅出版余秋雨《文化苦旅》，讓人眼睛為之一亮，原來散文可以寫得這般遼闊、壯麗，融進歷史、地理，甚至有幾篇二、三萬字一氣呵成的散文，比小說還長，可讀得輕鬆，讀完之後心頭卻又豐富踏實。

二〇〇八年，爾雅又出版余秋雨《新文化苦旅》，兩書之間隔了十六年。原來余秋雨為尋覓中華文化美麗基因，逡巡在歷史群山裡，他終於完成「定音」之書——氣勢磅礴的文化散文全集。

二〇一一年，適逢民國百年慶，我們特請余教授將《新文化苦旅》分成六冊，邀爾雅長期合作夥伴曾堯生和他的團隊，精心策劃成爾雅文化寶庫——六冊美麗的文化圖文書。讓更多人親近文化親近美。

附錄

《圖文版新文化苦旅》序

余秋雨

生在現代，人人怕讀厚書。但是，現代又不至於淺薄到拒絕一切厚重。至少，自然災害又厚又重，生態壓力又厚又重，文化困境又厚又重，誰也拒絕不了。我們如果永遠只能用淺薄來回答厚重，實在是前路難卜。

我很不合時，還在一直埋頭撥弄一些厚重的話題。很多年前寫過一本《文化苦旅》，不太厚，也不太重，讀的人很多。寫完又去走路了，走得很遠很遠，幾乎走完了人類所有重大古文明的故地。看來看去，比來比去，對世界文明和中華文明有了一系列新的認識，因此需要再度寫作。那就是我在《千年一嘆》、《行者無疆》之後出版的《尋覓中華》和《摩挲大地》。其中，《摩挲大地》是對《文化苦旅》部分篇章的改寫，而《尋覓中華》則是我用散文筆調新寫出的一部中華文化史，我在北京大學講課時曾經以此為底本。臺灣當初出版《文化苦旅》的是爾雅出版社，爾雅的創辦人隱地先生說，別那麼多書名了，乾脆都放在一起出一部《新文化苦旅》吧。

《新文化苦旅》印得既氣派又堂皇，捧在手上很有份量。我想，一切寫作者都會為自己有這麼一部著作而高興。但是，毫無疑問，它太厚太重了，超出了今天多數讀者的容忍底線。更麻煩的是，很多讀者以為它就是以前那本《文化苦旅》的「增肥」，心想，我既然已經接受過它的年輕苗條，何苦再去承受它的年老臃腫呢？我告訴他們，裡邊的很多篇章是全新的，他們才有點吃驚。

於是，有不少讀者建議，應該出版一套多冊本的《圖文版新文化苦旅》，每一冊取一個縮小了的書名，都不要太厚，又要配一些與內容相關的圖片，適合年輕讀者閱讀。其實，可能對很多不年輕的讀者也比較合適。

這就是眼前這套書的由來。在臺北郊區一處山道蜿蜒的風景勝地，居住著設計師曾堯生先生夫婦。我和隱地先生、林貴真女士登門拜訪，與曾先生一起討論著這套書的規格和細節。山間空氣清新，屋舍布置別致，那個下午的情景一直留在我的記憶中。

這套書，像山光水色一樣，飄飄忽忽地映現著人類一種文化的歷程。不完整、不嚴謹，卻可欣賞、可品味。它的重點，是文化，是人性，而不是貌似文化的政治，或貌似人性的謀略。有了曾堯生先生所選擇和安排的圖片，那番山光水色可能就更入眼了。

多謝隱地先生和曾堯生先生，多謝廣大讀者！

庚寅年之大雪之夜

《圖文版新文化苦旅》六書書影。

附錄

用圖，說《文化苦旅》

曾堯生

一九九二年，用讀畢〈道士塔〉的心情，做了《文化苦旅》的初版封面設計，書甫一出版，覽閱全卷，發現錯了，畫面中太瑣碎的元素就像位小氣的男子喃喃自語於文化殿堂大門之外，遂和隱地先生商討將封面重新設計。那時我想，要有多大的丘壑才能容納這些篇章於13×19公分的封面版圖中，幾經思考，天地雲水加上可讓讀者想像的空間成就了二版以後的封面，流過了近二十年的時光，流進了數十萬人的心靈視野。

二〇〇八年，更加厚實的《新文化苦旅》篇章，引發出剛從玉門關外歸來的雅丹地貌印象，也只有造物主的自然之力，才能負載起自黃帝以降，五千年的中華文化「重量」吧！

二〇一〇年，余秋雨先生在臺北烏來山中，談到將《新文化苦旅》分冊並以圖像來點景，隱地先生就出版者立場首表贊同，承擔設計任務的我，卻深知其中艱鉅！熟讀此書，文字中的畫面就像電影一部一部翻演，如要寫實呈現，說實話，絕對做不到。應該是，找不到任何一位美術工作者能以單一圖像或攝影彰顯此書文字的劇力千鈞，千載時空。所以，我們轉了一個方向，將每一冊的美術設計和影像，幻化成熱氣球，六顆熱氣球將隨著心情遙控，隨著創造力升空，從古聖、詩人，到大唐，離開鬱悶；讓我們在高高的天際上一起欣賞中華大地遠方的人文美景。

藍明姐的剪報

二〇一三年，透過汪其楣教授的協助，我讀到了藍明女士的第一本著作《繁花不落》，也得到了藍明在美國的通訊地址。

從二〇一三年十月開始，和藍明姐通起信來，至今一年有半，她認了我這個弟弟，我也把她當成我的姐姐，我送了好多自己的書給她，她看了本本喜歡，就不停地寄葉黃素和維他命給我，她的每封信都關心我的健康，反而忘了其實她年紀比我大，更需要注意保健之道，但女性特有的關懷之情，讓她忘了年齡，只想到她要愛護這個超越時空的弟弟。當弟弟總是幸福的，我又想到寫在我書裡的一句話——長壽可以完成自己許多的夢想。當民國五十二年我還是高中生時，怎麼可能想到，自己聽著的《夜深沉》廣播節目（正聲廣播公司），隔了五十年後，有一天節目裡的主持人藍明，會變成我的筆友，變成我的姐姐，成為一個最關心我的人。

在《生命中特殊的一年》（爾雅叢書600號）中，有兩篇關於藍明姐的短文——〈夜深沉〉和〈時間之書〉。藍明姐的美國丈夫司馬笑（John Bottorff），當年在美新處任副處長時，剛好，正遇上我們幹校九期新聞系畢業校外實習，全班由祝振華教授帶領前往南海路美新處參觀，接待我們的正是司馬笑副處長，還留下了合影，你看，這世間多麼奇妙，只要我們活得夠長夠久，原來人和人，不管天涯海角，最後像接龍般全能連接起來。

最近九十歲的藍明姐，可能讀了我的《出版圈圈夢》，也擔心我太消極，特地從美國寄來兩則剪報，其一為邱鴻安的〈紙本書劫後餘生〉（原載二〇一五年元月十八日世界周刊），說電子書在二〇一三年如日中天之後，自二〇一四年出現逆轉，從百分之三十的佔有市場已跌至百分之二十一，而且持續下跌中，二〇一三年科羅拉多大學做的調查，發現百分之七十的美國人都不願意放棄紙本書，讓人如釋重負，解除了紙本書即將末日的傳言。

這項消息，讓我稍感安慰。希望臺灣和中國大陸的愛書人，不要一味追趕時髦，捨紙本書而追逐電子書。當然，我們也要有新觀念，承認電子書是新時代產品。的確予人無限方便。但有了新的，不一定要捨棄舊的。讓紙本書和電子書同時佔有市場，各取所需，才是讀者之福。

另一篇藍明姐寄給我的剪報是鼎公二〇一四年十一月二日發表在世界日報副刊的〈海外華文文學的突圍〉，其中有這樣一段：「古人說管領風騷五百年，今天的作家管領風騷五十天，你的文章發表以後，立刻有人貼在網頁上，你的警句立即被無數人占有，你的見解立即被無數人重複，五十天後一切變成陳腔爛調。」

鼎公還有兩句很有意思的話：「……作家用意識形態包圍自己，讀者又用意識形態包圍作家。」

要如何突破包圍，老作家說了兩個辦法，我不能繼續抄下去，讀者應該找出鼎公的文章自己讀。鼎公的文章是一座金礦，只要你肯挖掘，永遠會有超越滿意的收穫。

謝謝藍明姐的剪報。藍明姐自己也是一座礦，她只寫一本《繁華不落》是不夠的，若肯整理身邊的稿件，爾雅希望能為藍明姐出版一本新書。藍明姐原名何藝文，中央大學畢業，連老作家師範，都尊稱她學長，可見輩分之高。而令人稱奇的是，她雖已九十高齡，卻每天都讀書寫作，自理生活，偶爾還開車上街購物，送我的唯他命，就是她親自駕著車到郵局一一填表後郵寄，做為遠在天的另一邊的我這個弟弟，掛念著她，祝福她身體康健，快樂平安！

想想，我也夠幸福了，除了住在崑山自己的姐姐，另外還有兩位愛護我的姐姐——五十七年前認識於日月潭「文史年會」的印小敏姐姐，和老來仍有緣認了自己小時候崇拜的粉絲——藍明女士為姐姐。

有三個姐姐在，我就是永遠幸福的弟弟——隱地。

一本寫不完的書

「三十功名塵與土，八千里路雲和月」，何況四十年的往事，怎麼可能在一本書裡說得完?所以《清晨的人》是一本沒有寫完的書。一本可以一直往下寫的書……「午間的人」、「黃昏的人」、「深夜的人」……同樣四十年，王榮文說，他的遠流出版公司，四十年裡出版了五千本書。

二〇一五年三月二十七日，陳銘磻出版了第一百本書——《跟著芥川龍之介 訪羅生門》，聯合文學出版公司特為他在敦南誠品B2視聽室舉行新書發表會，當我得知老友邵僩兄也要從新竹趕往參加，而在電話中，當我聽他說己十年未來台北，立即決定前往台北車站接他。我和他已超過十年未見面，吃飯聊天之後一同前往誠品，出席陳銘磻的「一百本書，一百位朋友」的談話會。

會場見到許多老朋友，居然還聽到洪小喬的歌聲，真是一場溫馨的聚會。

陳銘磻默默努力，辦過號角出版社，做過《愛書人雜誌》總編輯，四十年裡居然還寫了一百種書。

為家鄉新竹尖石鄉，陳銘磻長期聯合文學界朋友，透過鄉公所，一齊推廣〈把文學種在土地上〉，栽植新櫻樹苗，也開闢了那羅詩路步道。大起大落的人生，仍在繼續奮鬥，朋友們當然要為他鼓掌。

爾雅四十年，和寫作朋友的來來往往，隨便拿起一本爾雅叢書，就有說不完的故事，像老友邵僩，我們是文星時代的革命夥伴，他的《小齒輪》，至今仍在我書架上醒目的位置，而陳銘磻為爾雅編的《文學裡的親情》、《文學裡的友情》、《文學裡的愛情》三部曲，當年也是爾雅的暢銷書，在《清晨的人》這本書裡，都還來不及談，八〇〇種書都談不完，王榮文的五千種書，如果他寫回憶，恐怕有些連書名都記不起來了……

「文學興旺」年代的美夢

——回答臺大博士生李令儀

隱地先生，您好：

首先感謝您二度贈書，也感謝您慷慨允諾接受我的研究提問。做研究理應自己蒐集資料，還煩勞您親自挑選相關資料寄書，不勝感激！尤其看到您親自手寫包裹上的地址，直讓我不忍丟棄這兩件小紙盒。

上個月和您見面及聯絡時，約略向您提到，我正以臺灣出版產業的發展為題，撰寫博士論文。不瞞您說，七、八年前會決定重回學校念書，最重要的動機就是想寫一本以臺灣出版業為主題的研究。當初在報社報導出版新聞，常覺得這個行業有太多重要有趣的面向值得深入探討，但當時真正有系統、且較為全面的研究，卻是大陸學者辛廣偉撰寫的《台灣出版史》，讓我覺得應該有臺灣的研究者補足這個缺憾。當時想，我接觸過一些出版人、編輯和作者，佔了一些便宜，應該試試，至少可以拋磚引玉。

我的論文的提問起點，是想探討出版這一行，如何在文化和商業這兩個可能互相衝突的邏輯之間力求平衡。我的想法是，出版人做為作者和讀者之間的橋梁，除了將作者的心血編印成書之外，還需把這份成品交到讀者手中，也就是讓讀者購買閱讀（或透過圖書館等管道借閱），作者和讀者之間才有可能達到深度交流。因而書的銷售，具有多重意義，除了推廣作者的思想和文字成果、讓作家得到報償得以持續寫作，出版社也需要這筆透過銷售得到的利潤，持續經營下去，甚至因為盈利而壯大。從研究觀點來說，盈利可以是讓出版社活下去的「手段」，但也可以是以小資本獲取大利潤（例如經營暢銷書）的「目的」，只是這兩者在每家出版社所佔的比重不同。不過近年來，似乎有越來越多的出版業者以商業邏輯掛帥，甚至，過去主要替出版社服務，或和出版社互利共榮的中盤和書店等通路，也開始以商業邏輯來要求出版社，才會讓類似爾雅這樣堅持文學和文化理想的出版社，倍感壓力。

因為體認到探討出版，不能對它的商業本質略而不談，所以儘管知道您不喜歡談營銷策略，但我的提問中還是會觸及一些有關行銷、通路等問題，還請您諒解。以下是我的一些提問。

一、您本身是受到讀者喜愛的作家，也是成功的出版人，請問——

問1：這兩個角色對您經營出版社來說，會有衝突嗎？

答1：身兼雙重身分，我不能說沒有衝突，但二〇〇〇年之後的十三年，出版社業務逐漸走下坡，而此時穩住我情緒的就是因手中還有一枝筆；寫作是會上癮的，特別是最近十年，我持續又穩定的每年都能寫出兩本書，讓我精神生活至為豐富。

問2：身為出版人，會比一般作者瞭解讀者的喜好嗎？這類的瞭解，會影響到您的寫作嗎？

答2：我是有「新聞鼻」的人，知道市場走向，也瞭解讀者喜好，但對我自己來說，我是固執的人，只寫我想寫的，其實我也沒有迎合讀者的能力。我的五十種書，只有《心的掙扎》是暢銷書，銷路超過十萬本。

二、在我讀到的一些出版研究裡，有學者用「忠誠」形容作者和編輯人之間的關係，例如很多大作家會隨著編輯人「跳巢」到其他出版社；或是有些編輯也會擔起類似作家的經紀人或秘書等角色。多年來，爾雅出版了許多名家作品，也替文壇發掘不少新人——

問1：請問您，一般如何維繫和作者的關係？當您相熟的作家寫作出現瓶頸時，您會用什麼樣的方式關心或鼓勵他們繼續寫呢？或者，只是默默等待或守候？

答1：在爾雅最初的十三年（一九七五至一九八八），由於社會大環境有利於文學出版，閱讀人口眾多，爾雅叢書幾乎本本暢銷，印到一萬本的書比比皆是，能銷十萬本的也不在少數，所以我會針對個別作家的特長，向寫作朋友約稿，偶爾遇到作家出現創作瓶頸，也會建議對方設法轉換文類，攻小說的可改寫散文，寫散文的或改試小品，文類一變，作家予人一新耳目，作品也常因而暢銷。

問2：另外，當您發現有潛力的新秀作家，您會如何鼓勵他們繼續寫作？

答2：七〇年代聯合報副刊主編馬各（駱學良）主動鼓勵有潛力的新秀作家，他總是想盡辦法讓他們安下心來創作。我讀到新人出色的作品，總是默記他們的名字，感覺夠出一本書時就寫信或撥電話給對方，希望爭取到為這位新人出版第一本書。

問3：如果您發現一位想法獨樹一幟，但文字仍須磨練調整的新人，您會如何給他建議？會替他大幅改稿嗎？會或不會的考慮是什麼？

答3：老編做久了，我有改別人稿的毛病；但我也能容忍「天才」，真有獨樹一幟的作家，我也會完全一字不動；早年的編者如中副孫如陵、新生副刊童尚經、聯副林海音、華副林適存以及自由青年雜誌的楊品純（梅遜），都負責潤飾或修改可刊用的作品，甚至不用的稿件退還給作者時，也會代作者改稿或建議作者如何改，尤其中央副刊主編孫如陵常做這樣的熱心工作。後來著作權法改訂之後，編者就不大願意為作者改稿了，許多有主見的作家也認為編者無權改稿，編者也樂得從此不傷腦筋了，能用就用，不能用就火速奉還。

三、您覺得一位專業的編輯人（不限於文學編輯）應具備哪些條件？這些專業是可以培養或傳承的嗎？

答：一位專業編輯人必須廣讀群書，愛讀閒書，知識淵博，勤查字典詞彙，對於人名地名和年月日更要有職業性的特殊敏感。

對中國古典詩詞有一定程度的瞭解，熟讀東西方經典。
講究用字，也要具備改稿的能力。
以上三項，可以培養，但能否傳承，則要視年輕的學習者自己是否有興趣，感覺自己需要而主動追求則水到渠成，否則，事倍功半，想要找人傳承談何容易。

四、您曾經提過，文人出版社應有「以改善作家生活為己任」這一高標的使命感，這代表您對作家權益的尊重以及照顧。但是作家出書也需要一定的銷售量，才能有更多版稅收入。

問1：現在書市書滿為患，如何增加作家出書的能見度和銷量？

答1：那都是「文學興旺」年代的美夢。當文學書好銷的年代，出版社賺了錢，於是會為作家設身處地，萬一作家生活遇到了困難，該如何預付版稅，該如何讓他們度過難關。如今出版社自身難保，就只好個人解決個人的問題啦。

問2：以這兩年極為成功的《文茜的百年驛站》為例，爾雅做了什麼，讓讀者看見、喜歡這本書？這樣的經驗有可能應用在其他的書上嗎？

答2：《文茜的百年驛站》能突破成為爾雅的暢銷書，完全和爾雅無關。這是因為陳文茜自己長久以來經營的知名度和個人魅力。文茜十分清楚她自己的書在市面上有多少影響力。當她將書交給我時，她說：「隱地，你放心，我的書至少會有兩萬本的銷量！」一點也不錯，她的書，讓爾雅在二〇一二年又有了生氣！出版《文茜的百年驛站》這樣的經驗，是一個特例，不可能用到其他的爾雅叢書上。

讓我明白的說吧，早年的爾雅有許多創意的作法，如「爾雅極短篇的推動」、《十一個女人》和《三弦》短篇小說、小品選的走向，以及《十句話》的構想，在在都影響著當時的文壇，那是讀者跟著出版社走的年代。現在是出版社跟著讀者走，而讀者的心，向來難以捉摸。出版社有何作為，讀者並不關心，如今讀者只選他們要看的書；爾雅想讓讀者注視，不容易了。

五、爾雅成立近四十年來，您是否曾經想過擴張出版社的規模？後來沒有擴張的考慮為何？

答：爾雅在最適合擴張的八〇年代初也未擴張，這就表示爾雅從來都不想擴張。這和我個人的行事風格有關。文人辦出版社就是要小，小才能顯其特色，所謂小而美。文人辦出版社辦得像一個「集團」，就算在「集團」上掛了「文化」成為「文化集團」，仍然不像文人辦的出版社。

六、爾雅多年來並沒有委託經銷商代理發行業務，而是由社內的發行經理經手；早期的發行經理，後來也有人自行創業成立發行公司。請問您為何沒有考慮委請經銷商代理發行業務？以爾雅的規模，發行人員幾乎和編輯部同等比重，在人事負擔上，是否會比例過重？

答：一個出版社包括編輯和發行兩大部門。「編輯部」是花錢的部門。「發行部」是將花出去的錢又收回來的部門。有了「發行部」，出版社才能穩定的走下去。把發行全數交給中盤是危險的行為。我年輕時候，就認識一個開出版社的前輩作家，他的出版社後來全數垮掉，就是因為代他發行的中盤商捲款潛逃。

七、您曾經多次表示，爾雅是一家傳統的出版社，對於「所謂企畫、宣傳，以及設計吸引傳媒的焦點」等行銷手法不感興趣，對於有些出版同業以低價策略做為傾銷手段也不以為然。現在有一些編輯人認為，「好書會自動販賣」的時代已經結束，現在已是「沒有行銷，就沒有銷售」的情況。請問您對這樣的觀點有何看法？

答：我深知如今自己面臨一個「不促銷，就報銷」的年代，但因自己年事已高，對我來說，「攻」的年紀已過，自然改採「守」勢。「守住爾雅江山」對我乃是一種快慰，繼續出一些自己喜歡的書，風平浪靜的過日子。何況，因為有自己的出版社，我還能經常出版自己的書。這種生活，本來就是我年輕時夢想和追求的。

八、您在二〇〇二、二〇一二兩部日記裡，都提到曾為「庫存書」發愁。十幾年前好像還很少聽到出版界的朋友抱怨退書或庫存的問題，但這十年來似乎已經變成業界非常迫切的問題。

問1：可以請您回憶，大概何時開始覺得庫存問題變得很重要？

答1：大概從一九九〇年起，就感覺退書問題日益嚴重，真正讓人坐立難安的是從二〇〇〇年起，如今已學會面對問題——減少每本新書印量。庫存問題倒也習以為常了。

人畢竟是適應環境的動物，只要不是轉投資失敗，守住出版老本行，真會把一家出版社辦垮掉也並不常見。

問2：出版業已經有人有一種說法：「賣不出去的書，也只是廢紙。」或開始以銷毀來處理庫存書太多的問題，請問您對這樣的說法和現象，有何看法？

答2：這個問題的確碰到出版業的痛處。眼前有些書不動就是不動，年頭到年尾，也賣不出一本，只好銷毀，真是讓人心痛啊，但人生在世，誰不會遇到一些殘酷現實，將「廢紙」銷毀，才能空出「一塊地方」，疊放剛出版的新書。

九、在幾位資深出版人的書中，曾提到過去新書出版前，都會在報上刊登小廣告讓讀者預約登記，例如您多次提過，鼎公《開放的人生》一書，當初預約冊數即有四千冊，成了爾雅創業的定心丸。

問1：就您記憶所及，這樣的預約方式，大約何時不盛行了？

答1：當年書籍採預約制，係跟隨房屋市場的「預約買賣」而來：一九九〇年前，只要找一塊空地，插上幾根鋼筋，就可登報收錢，後來騙徒太多，收了錢，根本未建蓋什麼房屋，許多人一輩子的儲蓄泡湯。當人和人互相不信任，「預約制度」完全瓦解，書的「預約」當然也隨之煙消雲散。

問2：現在網路書店也提供網路預約，意義相同嗎？

答2：網路書店的預約，因網路只扮中間人轉手的角色，問題不嚴重，因此，「網約」當可繼續推動。

十、現在出版界有些編輯人開始正視翻譯書比例過高的問題，有人統計，近兩年暢銷書榜上，翻譯書高達七成。過去爾雅也曾經出過翻譯書，但後來在您的堅持下轉而固守華文創作，可否請您解釋當初的想法？這樣的想法是否曾經動搖？

答：創作者不能只讀國人的作品，國外的經典，更可以擴展個人的創作視野。後來爾雅停止翻譯國外優秀文學作品，因發現國內創作市場成為弱勢；就像看球賽，我喜歡為較弱的一邊加油——只出國人創作，大概也是這種心態的延伸吧。

李令儀，曾任媒體記者，現為臺灣大學社會學研究所博士候選人，對知識、理念、創意和訊息的生產與傳播深感興趣，博士論文以戰後臺灣出版產業的發展與轉型為主題。曾與徐立功合著《讓我們再愛一次：徐立功的電影世界》（天下文化出版）。

說不清楚的新世界

——訪隱地，說「爾雅五書」的故事

徐開塵

我其實仍然在花園裡
只是行人匆匆
總是路過
不肯到文學花園欣賞
美不勝收的
樹木花果

這是筆名「隱地」的作家柯青華，在他詩集《法式裸睡》中的詩行，出自詩篇〈第五十八首〉，後來沈冬青採訪隱地時引了這首詩，並收錄在幼獅公司出版的《我其實仍然在花園裡》（一九九八年）。

歲月悠悠！今年，爾雅成立滿四十年。近來臺灣出版市場的衰頹，更勝以往。當年隱地對自己許下「在有限的生命裡種一棵無限的文學樹」的承諾，而今回首，這三十七個字，依然道盡他的慨歎與堅持。

文學，對隱地而言，是興趣，是理想，是信念。

隱地認為「文學藝術是老天送給苦難人類最好的禮物」，能夠思索與創作，才使得我們從肉體的現實人生，提升到精神的理想人生。一個人即使不能成為創作者，也應做個欣賞者。因此，多年來他一直在富饒的文學花園裡，辛勤照護著這棵名為「爾雅」的文學樹，就是為了以繁花似錦之貌，豐富自己與讀者的心靈。

人生的偶然與必然，總是有跡可尋。青年隱地已在報刊發表創作，出版短篇小說及散文合集《傘上傘下》，在軍中主編《青溪雜誌》，創辦「年度小說選」……。

上個世紀五、六〇年代，許多在異地生活的臺灣留學生都有著對中文閱讀的渴望。洪建全文教基金會負責人簡靜惠有感於此，想到買書贈與這些海外遊子，一解鄉愁，於是邀請剛退伍的隱地開列優良書目。隱地覺得此事立意甚佳，而且應該是國內外讀者選書時共有的需求，提議將推薦選書加上簡介及書評後編輯成冊，進而促成了《書評書目雜誌》的誕生。他也從雜誌主編做到「書評書目出版社」總編輯。

有了實戰經驗，隱地決定自行創業，在一九七五年成立了「爾雅出版社」，開始用自己的想法與方式，栽植一方文學苗圃。

《開放的人生》

爾雅的創業書，及最暢銷的書籍，是作家王鼎鈞的《開放的人生》。出身軍旅的王鼎鈞，當年應邀在蔡文甫主編的中華日報副刊撰寫專欄「人生金丹」，藉此回顧整理自己人生歷練的體悟。一篇篇短文語簡意豐，文字洗練，一推出就受到讀者關注，回響熱烈，被認為是給青少年的人生勵志金言。

短短時間，「人生金丹」已有九家出版社爭取出書。王鼎鈞原本想要自辦出版社，自行出版，後來因故擱置，卻將出版發行權交給了出版界新人隱地，令眾人大感意外。

其實王鼎鈞與隱地結緣甚早，回憶這段往事，隱地仍然心存感念。早在鼎公擔任《徵信新聞報》（中國時報前身）副刊主編時，隱地正是四處投稿的文藝青年，時常遭到退稿的隱地，卻搏得鼎公青睞，鼎公還不時主動相約吃飯，關切他寫作和生活近況，對這個文壇後進照顧有加。

「人生金丹」專欄刊出後，隱地也向鼎公提出編印單行本的請求。起初鼎公不置可否，隱地鍥而不捨。鼎公見他誠意十足，一再提問，包括他對文學創作及作家態度想法，出版社的營運規畫等，最後終於首肯與正欲創業的他合作。有了這個信任的託付，隱地信心滿滿的去登記了爾雅出版社。

事後回想這個過程，隱地才明白那是鼎公在測試他創立一家文學出版社的決心。

專欄結集出書，尤其是要將一個廣受歡迎的專欄，作為出版社的創業書，說容易也不容易。「人生金丹」已打響知名度，順勢出書，輕鬆加分，但隱地卻覺得還有更響亮的書名。當隱地提出《開放的人生》，王鼎鈞立即以〈開放〉為題撰寫一文，刊於首篇——強調「花不開放，怎能散發芳香；山不開放，怎能採掘礦藏；人不開放，怎能照射智慧的光芒。」其中「開放」一詞，意喻要打開窗子才能看見天光下的各種美景，也才能讓清新空氣流瀉而入。而打開窗子代表著「心地開朗，與人為善，吸收新知，創造希望，使自己的精神常新，生命力源源不絕。」

《開放的人生》對六、七〇年代正待開放的臺灣社會及觀念保守的廣大群眾而言，正是極佳的提醒和指引。當時文學書籍流行預購，《開放的人生》雖有華副專欄成功的基礎在前，爾雅還是大手筆的在報紙第一版刊登全十批預購廣告作宣傳。訊息一出，訂單立即雪片飛來，創下了四千本空前絕後紀錄。

那時「爾雅」設在北投，地利不便，隱地只好向另一合夥人景翔借用其金門街住家客廳，作為臨時打包寄書的地方。並召集友人協力，日以繼夜投入寫封套、裝書、寄送等作業。那的確是臺灣早年出版業的手工時代。

這本勵志書的影響力持續擴散，老師與家長當成作文和品德教育的教材，有些學校的校長在集會時對學生闡述書中深義，更有不少人將此書作為送給海外學子的禮物。吸睛且吸金雙效加乘，幫助爾雅踏出成功的第一步，使隱地創業起步信心倍增。

《開放的人生》至今銷售已超過四十六萬本，加上王鼎鈞的另外兩部著作《人生試金石》及《我們現代人》，合稱為「人生三書」。這不僅是王鼎鈞早年打響名號的代表作，亦可說是爾雅出版社的鎮社之書。（後兩書原由王鼎鈞自印出版，數年後才將出版發行權交給爾雅。）

「人生三書」印行大陸簡體字版時，隱地寫了〈光，請靠近光〉一文，指出鼎公雖來自守舊農村，又因連年戰亂，未能接受完整教育，但其人生不以此自限，面對滄桑變化，反而能用心用眼觀察感受，加上大量閱讀，「思與讀，使他成為哲人」。《開放的人生》以小故事入題，用開放的態度，探索及剖析人生問題，咀嚼和消化人生經驗，因而能夠引起廣大讀者的共鳴。

許多人認為「人生三書」是青少年成長的勵志讀物，隱地強調它的影響力不止於此。他說，鼎公是荷光之人，透過這些智慧之語，將光分給讀者，讓大家在黑暗中可以摸索前進。自己也接近八十的他，至今仍不時翻讀《開放的人生》，仍有不同體會，受益無窮。

兩位作家因為文學與出版結下的緣分，在日後即使王鼎鈞受白色恐怖事件影響，出走臺灣，赴美定居，仍維繫不輟。爾雅先後出版了王鼎鈞多達三十五部著作，王鼎鈞回憶錄四書——特別是《關山奪路》，又為王鼎鈞贏得兩岸最高文學光彩，也讓爾雅分享無限榮耀。

《城南舊事》

「文學」在七、八〇年代臺灣出版市場上獨領風騷。林海音的「純文學出版社」，加上作家姚宜瑛的「大地出版社」，隱地的「爾雅出版社」，以及詩人楊牧、瘂弦和葉步榮、沈燕士共同創立的「洪範書店」，還有中華日報副刊主編蔡文甫創辦的「九歌出版社」，皆為作家文人所創設，都以文學推廣為重，且規模相近，因而被稱為臺灣出版界的「文學五小」。他們每月聚會交流，還共同印製推廣新書的《五家書目》、《聯合書目》，是那個年代文學出版的重要推手。曾擔任《純文學月刊》助理編輯的隱地自稱是林海音的學徒，林先生也是他文學出版編輯的啟蒙師。當年他創辦爾雅並選定文學為唯一出版領域時，林先生不但不介意多了一位競爭者，還特地從家裡抱來一尊彌勒財神雕像送去爾雅，作為賀禮，令隱地既感動又備受鼓舞。

《城南舊事》是林海音以童年記憶為題材創作的短篇小說集，亦為經典傳世之作。純文學的《城南舊事》，為何成了爾雅的《城南舊事》？這背後的故事，又是一段文壇佳話。

民國三十七年，林海音和家人從第二故鄉北平，回到了父母的故鄉臺灣。隨後開始寫作、執掌《聯合報》副刊、創辦《純文學雜誌》及「純文學出版社」，展開忙碌且豐美的人生篇章。

拉開時空的距離，林海音藉小女孩英子的童稚之眼，重憶北平城南生活種種，寫出《城南舊事》，自然且真實地呈現大時代裡小人物悲喜交織的人生故事。齊邦媛教授在〈超越悲歡的童年〉一文中寫道：童年是不易書寫的主題，「林海音能成功地寫下她的童年且使之永恆，是由於她選材和敘述有極高的契合。」兼合歷史與文化縱深的北平城，在小英子眼中「卻只展示了它親切的一角——城南的一些街巷，不是舊日京華的遺跡，卻是生生不息的現實生活，活得熱熱鬧鬧的。」

《城南舊事》最早由光啟出版社於民國四十九年出版，第三版才開始改為純文學出版社印行。林海音透過英子所展現出來的，雖是大部分臺灣人所不熟知的場景環境及生活經驗，但她筆下文字的溫潤和細膩感，卻召喚出另一種鄉愁和記憶的共震，漣漪不斷擴散，受到廣大讀者的喜愛與好評。

除了原著印行，《城南舊事》更以繪本及不同語文版本呈現。一九八二年，兩岸交流開放前，中國大陸電影導演吳貽弓也將它搬上大銀幕。這本書還獲得《亞洲周刊》選入「二十世紀中文小說一百強」排行榜；德譯本也贏得瑞士頒贈「藍眼鏡蛇獎」，推崇此書所展現不同於歐美文化背景的敘事風格。

多年來《城南舊事》一直維持三十二開本，民國七十二年重新編排，字體放大一級，林海音並精選近二十幀珍貴照片，以英子的回憶情緒書寫圖說，讓讀者更貼近故事情境。

《城南舊事》銷量一直穩定成長，是純文學的招牌書籍之一。隱地也不知哪來的一股福至心靈，他突然開口向林先生提出「共同出版」的請求。這個共同出版並非純文學和爾雅雙掛名合出一書，而是史無前例的由兩家出版社各自出版印行，換句話說，兩個版本的《城南舊事》同時在市面銷售。

隱地此項創新提議並未遭林先生反對。自民國七十二年六月起，林海音的這部重要作品，就出現在爾雅的書單中。

《臺北人》

好書炙手可熱，兵家必爭，是出版界常見的事。作家白先勇的《臺北人》就是一例。

《臺北人》是白先勇的重要著作，十四個短篇小說藉不同人物故事展現了浮世眾生相，過去與現在交錯的時間軸裡，悲歡離合的命運樂章綿延不斷。其中如〈永遠的尹雪艷〉、〈一把青〉、〈遊園驚夢〉等，都先後見刊於六〇年代臺灣重要文學期刊《現代文學》（白先勇與歐陽子、陳若曦、王文興等人合辦）。一九七一年，白先勇和弟弟白先敬自辦「晨鐘出版社」，《臺北人》短篇小說集首度印行面世。爾雅與白先勇最早的緣分，是出版歐陽子所著《王謝堂前的燕子》（《臺北人》的研究與索隱），後來又出版了白先勇的散文集《驀然回首》。

長篇小說《孽子》最初也在《現代文學》雜誌連載，反應良好，遠景出版公司的創辦人沈登恩，言心出版公司負責人高信疆，以及隱地等人都極力爭取《孽子》出版權。白先勇樂見朋友都想出自己的作品，後來三家出版社想出一個共同法子——一起同時出版，原先說好《孽子》在《現代文學》刊出兩章後，由三家出版社出三個版本，各自設計封面，相同定價，同時推出，以浩大聲勢創造話題。後因沈登恩以《現代文學》銷量會下滑而影響業績，遊說白先勇需讓《孽子》續刊而施展拖延戰，目的還是要交由遠景獨家出版。隱地和高信疆的希望就這樣落空。

此事過後兩年，白先勇主動找隱地，表示晨鐘出版社，有意將《臺北人》交給他。沒有新書，換了本舊書，一九八三年新版《臺北人》正式出現在爾雅叢書光譜中。隱地事後回想，人若肯退一步，有時會更加受益。

經典《臺北人》的故事個個精采，陸續被翻譯成英文、韓文等不同語言版本，加上後來〈遊園驚夢〉改編成舞臺劇、〈金大班的最後一夜〉被拍成電影上映，吸引力加倍放大，長年穩居爾雅暢銷書單中。

多年來，《臺北人》魅力不減，一再加印，也換了不同樣貌，開本、版型、封面設計的更新，反應出時代潮流和市場需求的變化。「到目前為止，共有六個版本。」

晨鐘版有二，爾雅版也印行四個版本。晨鐘版三十二開本，封面設計走簡約風格，以白底藍色塊為主，初版書封是簡單素樸的線條，再版改為剪紙鳳凰圖案，藉「舊時王謝堂前燕，飛入尋常百姓家」隱喻人生無常。爾雅接手後，維持三十二開本，但先後換了三個封面，改走具象路線，讓臺北的建築和街景顯影，以召喚讀者的共鳴。

《臺北人》出版二十周年時，爾雅推出典藏版，放大開本（二十五開）和字體，封面設計卻是幾經周折才完成。最早白先勇請藝術家謝春德提供攝影作品，後來是平面設計曾堯生取材畫家顧福生作品《嚴寒室暖》的局部，並以金色襯托藝術家董陽孜題字紅色書名，貴氣、亮眼。

白先勇是絕對的完美者，他無法容忍書中有任何一個錯字，還好，他的書經常再版，如今一改再改，《臺北人》應當找不出錯字了。

「從長遠來看，《臺北人》和《城南舊事》都是爾雅的救命書。」這些年來，《臺北人》像散兵一般，一本一本賣出，學校老師經常推薦作為課外讀物，坊間讀書會指定閱讀，很多年輕人也會主動購買。《城南舊事》則大多是學校團購，年年有一定的銷量，「我曾對夏家四兄妹說，是你們的母親在天上保祐我。」

一個出版社能夠穩健發展，靠的就是書單。這樣的長銷書除了是品牌象徵，在不景氣的年代裡，也是讓出版社賴以存活下去的關鍵。

《小說大夢》（「年度文選」再會）

從青春期開始寫作，隱地創立爾雅，就是以推廣文學為志業，每每看到好作品，總希望能分享更多讀者。這也是他在民國五十七年就催生了「年度短篇小說選」的原因。

四十七年前，隱地剛接手《青溪雜誌》的編輯任務，看到不少年輕人偶一出手就有佳作，只是他們為滿足家長的期待，被迫選擇理工，而壓抑創作才華，他因而萌生編印「年度短篇小說選」的構想。

當時市面上沒有這樣的出版品，他四處探詢出書的可能，極力說服了仙人掌出版社印行《十一個短篇——五十七年短篇小說選》，那也是第一本「年度短篇小說選」。「年度選集」雖然在隱地的殷切期待下誕生，但命運多舛。出生後，像一個流浪漢，歷經仙人掌、大江出版社、進學書局、書評書目出版社等，一直到他成立爾雅，才算找到歸宿。從此，爾雅連年推出「年度短篇小說選」，長達三十一年。這期間他並邀請當時聯合報副刊主編馬各及譯作家丁樹南，補齊民國五十五、五十六年兩本。隱地最大的夢想，希望年年往回編，一直編到民國三十八年。在二〇〇〇年請前中央日報副刊主編林黛嫚編了一本八十八至九十一年短篇小說選。另外，一九九八年王德威還為爾雅編了一套兩本年度小說選三十年精編《典律的生成》，選錄三十位作家的三十篇經典作品。

這些動作都是隱地在用對「年度小說選」的執念與市場拚搏，也說明他多麼希望小說選「復活」。可惜未能如願，小說選一直無法像作家作品單行本獲得讀者青睞，一停就是十二年。

事實上，除了「年度短篇小說選」，爾雅還出版過「年度詩選」和「年度文學批評選」。「年度短篇小說選」喊停的那段日子，隱地也為九歌出版社編了一本《一〇一年散文選》，顯現他「潛意識裡存在著一種只有自己明白的年度情結」。

這像是一道理性與感性的選擇題，永遠沒有標準答案。

二〇一四年爾雅又推出一本《小說大夢》，由隱地主編。「重看好作品，能給人生帶來希望。我就是想找回這個希望。」隱地表示，現在很多小說艱澀難懂，更勝哲學，想從閱讀小說找到樂趣已不容易。二〇一四年七月在《中國時報》人間副刊上看到王定國的〈細枝〉，「難得扣動我的老心弦，也打動我的老靈魂」，那份壓抑多時的失落感才得到緩解。

重拾閱讀的快樂，使他決定再讓自己任性一回，去完成一個未了的小說大夢。這本書收錄無名氏、林海音、潘人木、王鼎鈞、彭歌、潘壘、顏元叔、康芸薇、王定國等人共十四篇作品，其中還包括他自己的〈七十歲少年〉，以證明他曾有小說家夢。書中每篇作品並另附一評介文章，提供讀者不同的閱讀觀點。

編印小說選，起心動念是為了讓好小說留存下來，並且希望社會大眾都來讀小說。隱地感歎現在人人愛出書，反而不讀小說了。「出版這本書，是再次提醒大家緬懷讀小說的快樂年代。」

但他也坦承出書後銷售情況未見改善，令他不得不面對現實。《小說大夢》的封面上印著「『年度小說』再會」六個字，透露著隱地的回眸顧盼與難捨掙扎。

在這個用閃閃影像儲存記憶的今日，你還有興趣編一本說再見的書，豈不就多了些挑戰時間的本錢——誰知道日月飛逝什麼才是最後留下來的？

我一定不能失去兩稚作者這個頭銜，因為人的一生總有些忘不了的人和事，我忘不了《千年淚》出版的心情，忘不了在布拉格街上隨團暴走渴望坐下喝一杯古老滄桑的咖啡⋯⋯

1998年在芬蘭我一個人留下不去俄國，真正旅遊了一星期，從那年後就沒有再去西方了。祝一切好！ 邦媛

2014年10月28日
桃園

隱地

剛剛下樓去走走草地，揀幾片落葉，回到門口收到你寄來的小說大夢，看到書中夾着你一頁來信，吞吃似地看了序的"圓夢紀"，而念念在心的是這一頁的信。

已好幾年未見你以編者的心情寫信給我，說"將自己的心情都編了進去。"寫下對這世界向前走得太快的惆悵和無可奈何——但是

齊老師寫給隱地的信

《杜甫的五城》

從事出版超過大半生，隱地收到作者主動寄來的書稿，多不勝數。賴瑞和所著《杜甫的五城》，應該是爾雅編印過程最輕鬆順利的一本書。

《杜甫的五城》是火車迷賴瑞和九次行腳中國的記錄。

畢業於臺大外文系的賴瑞和，取得普林斯頓大學博士學位，是唐史專家，先後於馬來西亞及香港教授中文及翻譯。他從小就夢想能像明代旅行家徐霞客一樣，縱遊中國，尋幽探秘。三十五歲那年，終於踏上夢想之路，帶著一本中國地圖，一份火車時刻表，展開一個人的壯遊。搭乘火車走過中國二十多個省分和自治區，包括徐露客曾經造訪和未到之地，將地理、歷史和文化融合於一，旁徵博引，透過細膩筆觸抒情寫景，帶領讀者身歷其境。

賴瑞和與隱地並無交情，卻對曾出版余秋雨《文化苦旅》的爾雅研究透徹，更是忠實讀者。為了爭取出版機會，主動將自己花了九個月時間完成的第一部文學作品，直接寄到爾雅。

收到這份書稿，隱地難掩驚訝之情。因為作者依照爾雅出書的習慣打字、排版，連行距都一樣，校對也做好了，「作者已經做成了一本爾雅的書，就看你要不要出版。」

他仔細閱讀後，發現賴瑞和文字簡樸親和，內容涵蓋範圍廣泛，身為馬來西亞華僑，卻誠心回溯母親的來時路；讀杜甫詩作，也進入詩中場景；從封閉的中國，走到門戶大開的新中國。一九九九年，仍是兩岸開放交流前期，背包客壯遊中國尚未風行，賴瑞和以先行者之姿，提供的親身經歷見聞，足以作為臺灣讀者的參考，且內容深具可讀性。隱地很爽快地決定出版此書。

《杜甫的五城》不曾出現短期爆增的銷量，而是口碑傳開，細水長流，十餘年來穩穩地、慢慢地成長。即便後來少見賴瑞和有其他文學作品，直到現在網路上還可找到一些讀者所寫的讀後好評。不論對作者或出版社來說，這就是肯定。

文學書籍過去的風華，再也喚它不回。時代變化急遽，總令隱地心驚。每思及此，他就更加感激自己每天還能坐在出版社的書桌前讀稿、寫稿，是老天對他的恩寵。能繼續守著他的文學桃花源，雖有一種冷月孤寂之感，但定下心來，仍能享一種寧靜中的幸福，「是的，我仍然在花園裡，如今的手機群和低頭族更加行色匆匆，紙本書再也引不起大眾興趣……人類如此革命，到底是喜劇還是悲劇，恐怕哲學家、科學家，或任何人類專家都說不清楚。」

原載《文訊》第三五四期（二〇一五年四月號）

徐開塵

資深媒體人，文字工作者。曾任民生報藝文記者，臺灣文創發展股份有限公司總經理室經理、臺北市文化基金會表演藝術節統籌部執行總監。現為非常木蘭股份有限公司總監。

長年關注兩岸三地出版產業及表演藝術發展，曾受邀擔任「國家文藝獎」評審委員、「台新藝術獎」提名委員及觀察團委員，及「羅曼菲舞蹈獎助金」評選委員。

從事新聞工作期間，獲得「吳舜文新聞獎」及「兩岸關係暨大陸新聞報導獎」。

著有《喧蟬鬧荷說九歌》、《紅塵舞者——羅曼菲》、《劇場追夢人——林璟如》、《當花開的時候》等書。

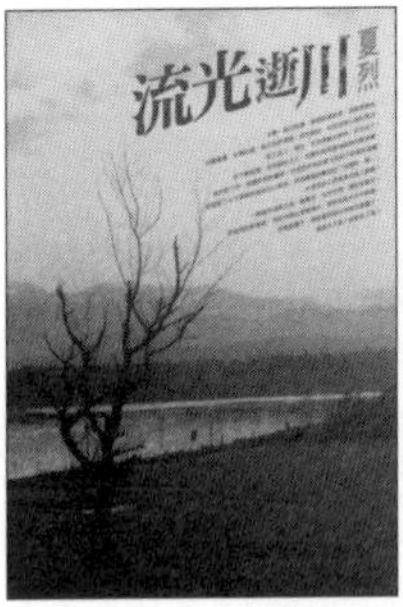

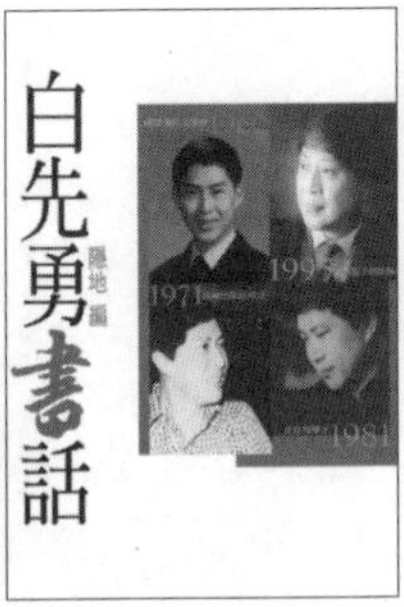

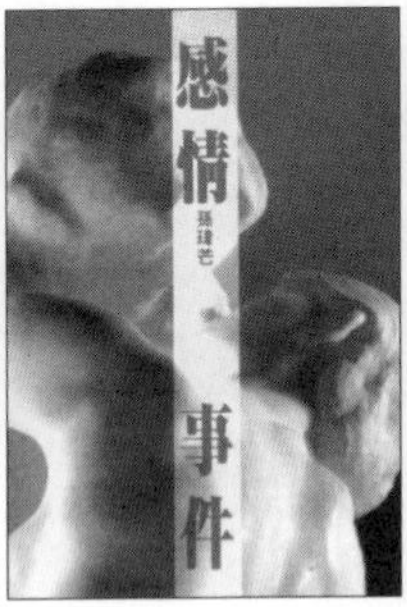

A586·	悅讀琦君·筆燦麟麟(作文方法)	蕭蕭·羅文玲	編	320元
A587·	秋葉——短篇小說集	歐陽子	著	280元
A588·	重臨(新詩)	丁文智	著	250元
A589·	向島嶼靠近——詩畫協奏曲(全彩)	劉梅玉著·李若梅繪		200元
A590·	2012／隱地(日記)	隱　地	著	450元
A591·	掩映——新詩(全彩)	陳義芝著·葉紅媛繪		250元
A592·	書註——書緣小品(全彩)	張騰蛟	著	300元
A593·	小孩老人一張面孔——鄉愁的生與死(散文·小說)	桑品載	著	280元
A594·	荷塘雨聲——當代文學評論(書評)	張瑞芬	著	350元
A595·	讀書會玩書寫(讀書會專書)	林貴真	著	360元
A596·	心理師的單行道(散文)	舒　霖	著	220元
A597·	不落幕的文學愛情電影(影評)	吳孟樵	著	340元
A598·	東鳴西應記(作家心靈)	王鼎鈞	編	300元
A599·	悅讀余秋雨·生命譜新曲(作文方法)	白靈·蕭蕭	編	270元
A600·	生命中特殊的一年——隱地2013年札記	隱　地	著	230元
A601·	哭廟(史詩)	楊　鍵	著	550元
A602·	散文隱地——隱地散文創作觀及其實踐	林雪香	著	260元
A603·	老子這樣說——從《道德經》看「為我思想」	梅　遜	著	230元
A604·	千年畫緣(長篇小說)	姚白芳	著	300元
A605·	王鼎鈞書話(書話)	隱　地	編	320元
A606·	我的詩沒有蜂蜜(新詩)	薛　莉	著	220元
A607·	滿江紅(長篇小說)	姚白芳	著	280元
A608·	荊棘裡的亮光——文訊編輯檯的故事	封德屏	著	360元
A609·	越界後，眾聲喧嘩——北美文學新視界	姚嘉為	著	250元
A610·	小說大夢——「年度文選」再會	隱　地	編	300元
A611·	詩路(新詩)	林明德	著	300元
A612·	早起的頭髮(新詩)	向　明	著	250元
A613·	出版圈圈夢(散文)	隱　地	著	250元
A614·	六個女人在紐約(長篇小說)	張漱生	著	300元
A616·	清晨的人——爾雅四十周年回憶散章	隱　地	著	220元
A617·	臺灣詩人的囚與逃——以商禽、蘇紹連、唐捐為例	夏婉雲	著	380元

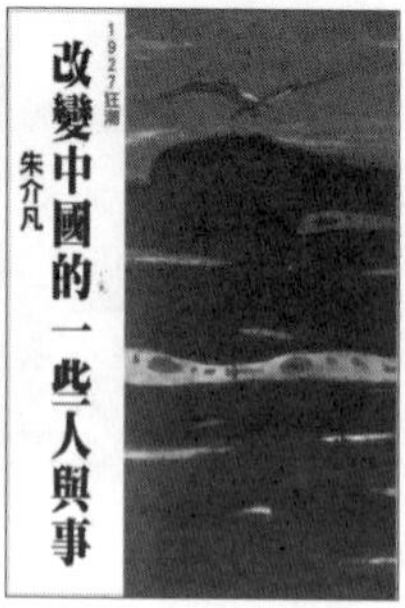

A555 · 讀書會加油站——百變讀書會 林貴真 著 220元
A556 · 都市心靈工程師——隱地的文學心田 蕭蕭·羅文玲 編 480元
A557 · 文心萬彩——王鼎鈞的書寫藝術 張春榮 著 250元
A558 · 現代女詩人選集(1952-2011) 張 默 編 430元
A559 · 孿生小丑的吶喊(新詩) 蘇紹連 著 190元
A560 · 論語隨喜——附DVD(散文) 薛仁明 著 280元
A561 · 我遇到一位女士——愛亞續寫極短篇 愛 亞 著 220元
A562 · 一日神(散文) 隱 地 著 200元
A563 · 一個人·九十九座山(散文) 章 武 著 480元
A564 · 那些深沉靈魂女子的情與慾(中篇小說·解讀) 虹影著·瞿庭涓解讀 290元
A565 · 桃花流水杳然去——王鼎鈞散文別集 王鼎鈞 著 380元
A566 · 悅讀隱地·創造自己(作文方法) 蕭蕭·羅文玲 編 280元
A567 · 天下事，猶未晚(胡蘭成致唐君毅書八十七封) 薛仁明 編 320元
A568 · 冷熱(散文) 周志文 著 200元
A569 · 孩子的小口袋(回到一九五七年) 汪 樹 著 250元
A570 · 長夜之旅(詩和寫詩的故事) 景 翔 著 250元
A571 · 歌聲越過山丘(散文) 陳義芝 著 230元
A572 · 一棟獨立的台灣房屋及其他(雜文) 隱 地 著 190元
A573 · 梅遜談文學(論述) 梅 遜 著 420元
A574 · 阿鏜閒話(一位音樂人談音樂·文學·中醫和家庭教育) 黃輔棠 著 360元
A575 · 萍水相逢(蔣勳的第一本散文集) 蔣 勳 著 240元
A576 · 悅讀王鼎鈞·通澈文心(作文方法) 蕭蕭·白靈 編 280元
A577 · 後現代新詩美學(評論) 蕭 蕭 著 420元
A578 · 一整座海洋的靜寂——新詩·攝影(全彩) 羅任玲 著 260元
A579 · 台灣生態詩(詩選) 白靈·蕭蕭·羅文玲 編 220元
A580 · 度有涯日記(「王鼎鈞回憶錄四部曲」域外篇) 王鼎鈞 著 390元
A581 · 隱地及其出版事業研究(評論) 陳怡君 著 240元
A582 · 世紀吹鼓吹(網路世代詩人選) 蘇紹連 編 360元
A583 · 天堂與地獄(長篇小說) 丘穎哲 著 180元
A584 · 古文觀止化讀(讀書隨筆) 王鼎鈞 著 350元
A585 · 單身溫度(短篇小說) 王鼎鈞 著 260元

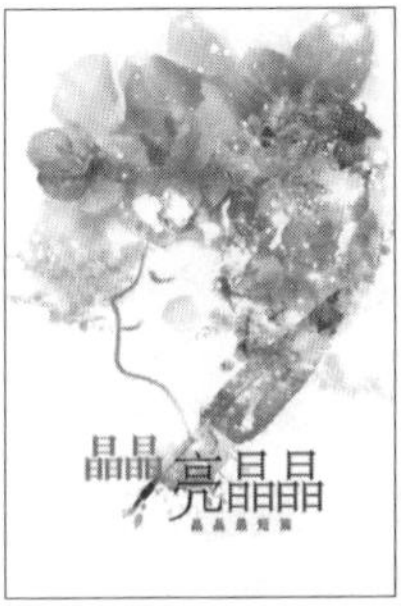

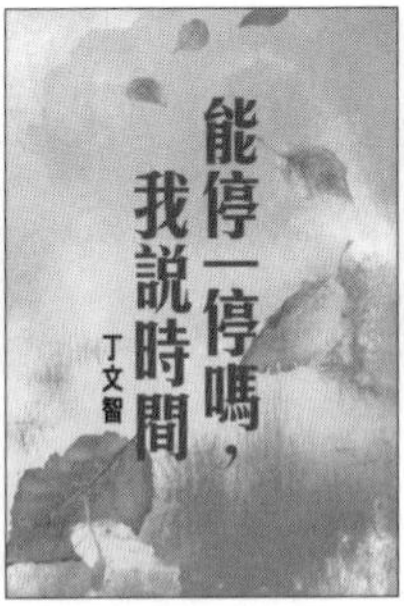

A524・ 走盡天涯・歌盡桃花(王鼎鈞的散文藝術) 黃淑静 著 280元
A525・ 光影紀行──詩文・攝影(全彩) 曾郁雯 著 300元
A526・ 舞蹈(新詩) 魯 蛟 著 230元
A527・ 是誰在天空飛？──非童話(長篇小說) 愛 亞 著 240元
A528・ 是誰在天空飛？──成人童話(長篇小說) 愛 亞 著 260元
A529・ 結局(新詩) 沈志方 著 260元
A530・ 日記十家(日記) 陳育虹等著 480元
A531・ 人生彩排(陳怡安沉思錄) 陳怡安 著 300元
A532・ 朋友都還在嗎？──《遺忘與備忘》續記 隱 地 著 200元
A533・ 西風回聲(散文) 宣樹錚・王鼎鈞合編 250元
A534・ 晶晶　亮晶晶(晶晶最短篇) 晶 晶 著 260元
A535・ 大度・山(散文) 蔣 勳 著 230元
A536・ 萬象歷然(散文) 薛仁明 著 260元
A537・ 孤零世界裡的書癡(短篇小說) 應鳳凰 著 250元
A538・ 現代詩創作演練(新詩賞析) 蕭 蕭 著 220元
A539・ 歡愛(散文) 林文義 著 240元
A540・ 文茜的百年驛站──散文(全彩印刷) 陳文茜 著 370元
A541・ 悅讀余光中──遊記文學卷(賞析) 陳幸蕙 著 290元
A542・ 人人都有困境，讀一首詩吧！(札記) 隱 地 著 240元
A543・ 壞孩子(傳記) 亮 軒 著 320元
A544・ 4444(哲思) 李 煒 著 330元
A545・ 多情應笑我(新詩) 蔣 勳 著 230元
A546・ 古聖──圖文版新文化苦旅1(全彩) 余秋雨 著 260元
A547・ 詩人──圖文版新文化苦旅2(全彩) 余秋雨 著 260元
A548・ 大唐──圖文版新文化苦旅3(全彩) 余秋雨 著 260元
A549・ 鬱悶──圖文版新文化苦旅4(全彩) 余秋雨 著 260元
A550・ 遠方──圖文版新文化苦旅5(全彩) 余秋雨 著 260元
A551・ 人文──圖文版新文化苦旅6(全彩) 余秋雨 著 300元
A552・ 風雲舞山(新詩) 隱 地 著 170元
A553・ 神來之筆──散文・書畫(全彩) 侯吉諒 著 250元
A554・ 春風夢田(評論) 張瑞芬 著 250元

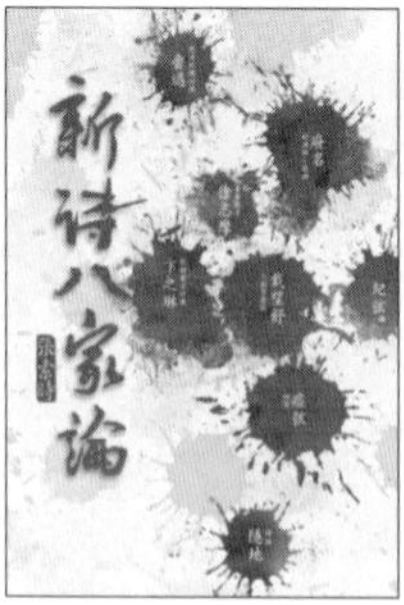

A491 ·	悅讀余光中—散文卷 (賞析)	陳幸蕙　著	300 元
A492 ·	流光逝川 (散文)	夏　烈　著	220 元
A493 ·	白先勇書話 (書話)	隱　地　編	250 元
A495 ·	新文化苦旅 (余秋雨文化散文全集)	余秋雨　著	580 元
A496 ·	世界名人智慧語 (賞析)	張春榮 · 顏荷郁譯註	270 元
A497 ·	行前準備 (銀髮族畢業手冊)	吳東權　著	250 元
A498 ·	台灣當代遊戲詩論 (詩論)	曾琮琇　著	250 元
A499 ·	存在與超越 (論隱地的詩歌世界)	孫學敏　著	150 元
A500 ·	黑暗聖經 (人生經驗)	王鼎鈞　著	220 元
A501 ·	周夢蝶 · 世紀詩選 (新詩)	周夢蝶　著	180 元
A502 ·	洛　夫 · 世紀詩選 (新詩)	洛　夫　著	180 元
A503 ·	向　明 · 世紀詩選 (新詩)	向　明　著	160 元
A504 ·	管　管 · 世紀詩選 (新詩)	管　管　著	160 元
A505 ·	商　禽 · 世紀詩選 (新詩)	商　禽　著	160 元
A506 ·	張　默 · 世紀詩選 (新詩)	張　默　著	160 元
A507 ·	辛　鬱 · 世紀詩選 (新詩)	辛　鬱　著	160 元
A508 ·	席慕蓉 · 世紀詩選 (新詩)	席慕蓉　著	180 元
A509 ·	蕭　蕭 · 世紀詩選 (新詩)	蕭　蕭　著	160 元
A510 ·	白　靈 · 世紀詩選 (新詩)	白　靈　著	180 元
A511 ·	陳義芝 · 世紀詩選 (新詩)	陳義芝　著	160 元
A512 ·	焦　桐 · 世紀詩選 (新詩)	焦　桐　著	160 元
A513 ·	回頭 (散文)	隱　地　著	260 元
A514 ·	妙手文心 (王鼎鈞散文的藝術風格)	方　方　著	150 元
A515 ·	唐詩裏的長安風情 (散文)	匡　燮　著	250 元
A516 ·	詩寫易經 (新詩)	黃漢龍　著	240 元
A517 ·	愛的變貌 (短篇小說)	曹又方　著	200 元
A518 ·	第五季 (新詩)	曹介直　著	250 元
A519 ·	閱讀爾雅—賀爾雅成立三十四周年	張世聰　著	160 元
A520 ·	野熊荒地 (散文 · 詩 · 攝影)	張曉雄　著	300 元
A521 ·	人間閒日月(新詩 · 散文)	季　野　著	250 元
A522 ·	遺忘與備忘——文學年記一甲子	隱　地　著	240 元
A523 ·	花　也不全然開在春季(新詩)	丁文智　著	220 元

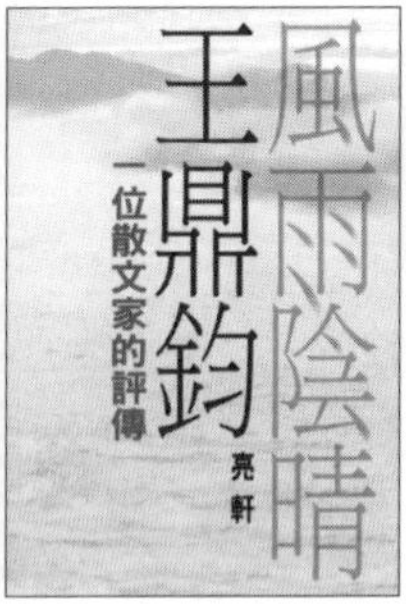

A454 · 東坡驚夢 (文化露台的另類解讀) 陳義華 著 250 元
A455 · 相遇爾雅書房 (散文) 林貴真 著 300 元
A459 · 改變中國的一些人與事 (傳記文學) 朱介凡 著 350 元
A460 · 2007／陳芳明 (日記) 陳芳明 著 300 元
A461 · 雨的味道 (新詩) 葉維廉 著 240 元
A463 · 邊緣電影筆記 (電影賞析) 亮　軒 著 200 元
A464 · 風從樹林走過 (散文) 周志文 著 230 元
A465 · 風中陀螺 (長篇小說) 隱　地 著 220 元
A466 · 肉身意識 (新詩) 碧　果 著 200 元
A467 · 小詩 · 牀頭書 (新詩賞析) 張　默 編 250 元
A468 · 燦爛時光 (散文) 凌性傑 著 250 元
A469 · 嚮往美麗 (散文) 陳雙景 著 200 元
A470 · 2008／凌性傑 (日記) 凌性傑 著 430 元
A471 · 紐約客 (短篇小說) 白先勇 著 250 元
A472 · 背向大海 (新詩) 洛　夫 著 160 元
A473 · 昨日遺書 (長篇小說) 潘年英 著 250 元
A474 · 叛徒的亡靈 (我的五四詩刻) 林幸謙 著 180 元
A475 · 十字路口—人生四帖 林貴真 著 240 元
A476 · 心理師的眼睛 (心理輔導故事) 舒　霖 著 250 元
A477 · 現代新詩美學 (評論) 蕭　蕭 著 320 元
A478 · 華麗曲 (古典音樂隨想錄) 華　韻 著 200 元
A479 · 翅膀的煩惱 (新詩) 林煥彰 著 200 元
A480 · 2009／柯慶明 (日記) 柯慶明 著 480 元
A481 · 春天窗前的七十歲少年 (散文) 隱　地 著 180 元
A482 · 我們一路吹鼓吹 (台灣詩學季刊社同仁詩選) 李瑞騰 編 270 元
A483 · 象與像的臨界 (散文詩) 王宗仁 著 200 元
A484 · 新鮮話 (作家智慧語) 隱　地 編 240 元
A485 · 人啊人 (「人性三書」合集) 隱　地 著 300 元
A486 · 我的眼睛 (散文) 隱　地 著 240 元
A487 · 紐約 · TO GO (留學經驗) 柯書品 著 300 元
A488 · 光的溫度 (愛亞及其作品研究) 廖玉容 著 270 元
A489 · 新詩百問 (詩話) 向　明 著 260 元

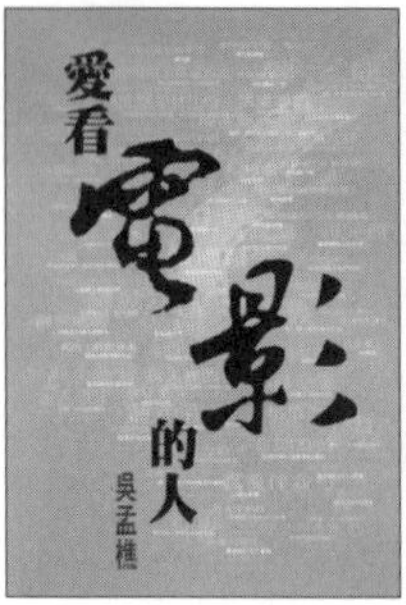

A420 ·	2003／郭強生 (日記)	郭強生　著	340 元
A422 ·	民權路回頭 (散文)	阿　盛　著	180 元
A423 ·	叫花的男人 (羊令野詩選)	羊令野　著	250 元
A424 ·	小蝴蝶與半袋麵 (劉枋小說集)	劉　枋　著	270 元
A425 ·	十年詩選 (自選與他選)	隱　地　著	200 元
A426 ·	Dear Epoch (創世記詩選1994-2004)	李進文 · 須文蔚　編	200 元
A427 ·	黃河的孩子 (散文)	朱　琦　著	230 元
A428 ·	陽光顆粒 (新詩)	向　明　著	250 元
A429 ·	身體一艘船 (散文)	隱　地　著	220 元
A430 ·	2004／亮軒 (日記)	亮　軒　著	480 元
A431 ·	昨天的雲 (王鼎鈞回憶錄四部曲之一)	王鼎鈞　著	300 元
A432 ·	怒目少年 (王鼎鈞回憶錄四部曲之二)	王鼎鈞　著	340 元
A433 ·	關山奪路 (王鼎鈞回憶錄四部曲之三)	王鼎鈞　著	400 元
A434 ·	文學江湖 (王鼎鈞回憶錄四部曲之四)	王鼎鈞　著	420 元
A435 ·	落葉集 (新詩)	李長青　著	190 元
A436 ·	電影智慧語 (西洋百部電影名句賞析)	張春榮 · 顏荷郁譯註	250 元
A437 ·	東方的孩子 (散文)	朱　琦　著	220 元
A438 ·	爾雅30 · 30爾雅 (紀念冊)	隱　地　編	180 元
A439 ·	詩集爾雅 (爾雅三十年慶詩選)	隱　地　編	220 元
A440 ·	2005／劉森堯 (日記)	劉森堯　著	280 元
A441 ·	書名篇 (爾雅三十年慶文選)	隱　地　編	380 元
A442 ·	台灣現代詩自然美學	羅任玲　著	350 元
A443 ·	北窗下 (散文)	張秀亞　著	210 元
A444 ·	新詩播種者 (覃子豪詩文選)	向明 · 劉正偉　編	280 元
A445 ·	草的天堂 (隱地四十年散文選)	隱　地　著	280 元
A446 ·	隱地二百擊 (札記)	隱　地　著	200 元
A448 ·	新詩八家論 (評論)	張索時　著	200 元
A449 ·	能停一停嗎，我說時間 (新詩)	丁文智　著	220 元
A450 ·	2006／席慕蓉一足本 (日記)	席慕蓉　著	450 元
A451 ·	敲門 (三十爾雅光與塵)	隱　地　著	140 元
A452 ·	我畫 · 我愛 (台北 · 美國 · 大陸)	王菊楚繪著	180 元
A453 ·	如果MSN是詩，E-mail是散文 (散文)	李進文　著	200 元

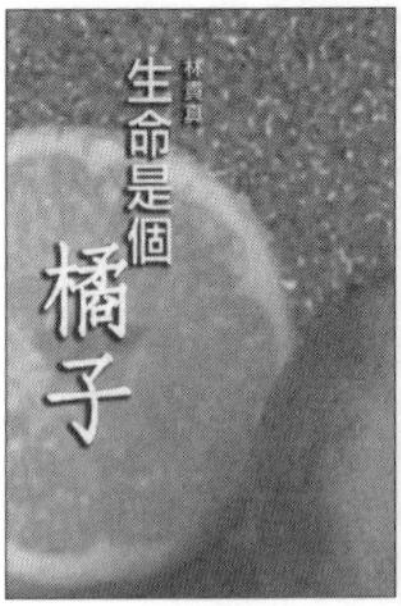

A384·	時光中的舞者 (隱地論)	章亞昕	著	260 元
A385·	風雨陰晴王鼎鈞 (一位散文家的評傳)	亮　軒	著	450 元
A386·	孤臣·孽子·台北人 (白先勇同志小說論)	曾秀萍	著	360 元
A387·	愛看電影的人 (影評)	吳孟樵	著	280 元
A389·	文學種籽 (作文方法)	王鼎鈞	著	220 元
A391·	我們現代人 (哲理小品)	王鼎鈞	著	160 元
A392·	左岸詩話 (賞析)	丁旭輝	著	160 元
A393·	未來的花園 (新詩)	喻麗清	著	160 元
A394·	走在詩國邊緣 (散文)	向　明	著	160 元
A395·	保險箱裡的星星 (新世紀青年詩人十家)	林德俊	編	170 元
A396·	詩的播種者 (新詩賞析)	落　蒂	著	200 元
A397·	布拉格黃金 (散文)	周志文	著	190 元
A398·	格林威治以外的時間 (新詩)	柯嘉智	著	160 元
	《作文七巧》大字版 (作文方法)	王鼎鈞	著	200 元
A400·	碎琉璃 (散文)	王鼎鈞	著	220 元
A401·	自從有了書以後…… (散文)	隱　地	著	170 元
A402·	文學創作的途徑 (作文方法)	張春榮	著	250 元
A403·	十六棵玫瑰 (散文)	姚宜瑛	著	200 元
A404·	母親的書 (文學賞析)	劉森堯	著	280 元
A406·	百年國變 (短篇小說)	朱介凡	著	270 元
A407·	台灣新詩美學 (評論)	蕭　蕭	著	420 元
A409·	人生十感 (散文)	隱　地	著	170 元
A410·	2002／隱地一足本 (日記)	隱　地	著	450 元
A411·	意識流 (散文)	王鼎鈞	著	140 元
A412·	山裏山外 (散文)	王鼎鈞	著	280 元
A413·	讀書會結知己 (實務運作手冊)	方隆彰	著	170 元
A414·	寫給妳的情詩 (新詩)	華　韻	著	160 元
A415·	小王子流浪記 (出家的心路歷程)	滿　濟	著	180 元
A416·	曦日 (長詩集)	朵　思	著	170 元
	《作文十九問》大字版(作文方法)	王鼎鈞	著	220 元
A418·	情人眼 (散文)	王鼎鈞	著	180 元
A419·	旅人與戀人 (新詩)	林文義	著	200 元

A345．	漲潮日(隱地自傳)	隱　地	著	230元
A346．	我的宗教我的廟(散文)	隱　地	著	170元
A347．	詩花盒子(新詩)	薛　莉	著	140元
A348．	上海的紅顏遺事(程姚姚傳記)	陳丹燕	著	200元
A350．	生命曠野(新詩)	隱　地	著	150元
A352．	極短篇的理論與創作(論評)	張春榮	著	260元
A353．	滄海幾顆珠(散文)	王鼎鈞	著	230元
A354．	湮沒的輝煌(散文)	夏堅勇	著	320元
A355．	爾雅詩選(爾雅創社25年詩菁華)	陳義芝	編	230元
A356．	爾雅短篇小說選㈠	王德威	編	280元
A358．	爾雅散文選㈠(爾雅創社25年散文菁華)	柯慶明	編	240元
A359．	爾雅散文選㈡(爾雅創社25年散文菁華)	柯慶明	編	240元
A360．	風雨陰晴(王鼎鈞散文精華)	王鼎鈞	著	320元
A362．	蓮漪表妹(長篇小說)	潘人木	著	340元
A363．	現代散文廣角鏡(書評)	張春榮	著	260元
A364．	天光雲影共徘徊(文學賞析)	劉森堯	著	320元
A365．	讀書會任我遊(讀書專書)	林貴真	著	320元
A368．	里爾克的絕唱(賞析)	張索時	譯解	240元
A369．	王鼎鈞論(評論)	蔡倩茹	著	270元
A370．	2002／隱地(日記)	隱　地	著	250元
A372．	遊學集(散文)	孫康宜	著	170元
A373．	不可能；可能(新詩)	李進文	著	150元
A374．	我在線上找你(短篇小說)	孫瑋芒	著	170元
A375．	旅人之歌(關於古典音樂的心靈流浪與獨白)	華　韻	著	170元
A376．	騷動(長篇小說)	英培安	著	200元
A377．	金門(吳鈞堯傳記)	吳鈞堯	著	190元
A378．	野葡萄記(我的理想世界)	梅　遜	著	230元
A379．	人生試金石(哲理小品)	王鼎鈞	著	160元
A380．	詩歌鋪(新詩)	隱　地	著	140元
A381．	悅讀余光中—詩卷(賞析)	陳幸蕙	著	350元
A382．	復活(八十八至九十一年年度小說選)	林黛嫚	編	280元
A383．	書生(散文)	郭強生	著	210元

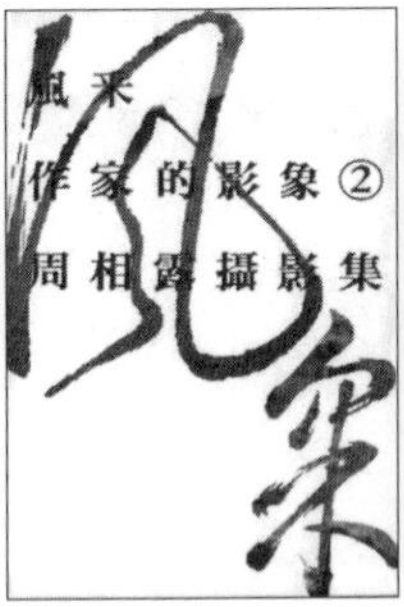

A297 ·	一扇文學的新窗(文學賞析)	張春榮　著	240元
A298 ·	山居筆記(散文)	余秋雨　著	280元
A300 ·	法式裸睡(新詩)	隱　地　著	150元
A302 ·	鄒敦怜極短篇(小小說)	鄒敦怜　著	120元
A303 ·	思　理極短篇(小小說)	思　理　著	120元
A304 ·	張至璋極短篇(小小說)	張至璋　著	130元
A305 ·	張德寧極短篇(小小說)	張德寧　著	130元
A306 ·	第六隻手指(散文・評論)	白先勇　著	360元
A307 ·	夢的繞行(散文)	愛　亞　著	150元
A309 ·	一樣花開(哈佛十年散記)(散文)	童元方　著	200元
A310 ·	一天裏的戲碼(新詩)	隱　地　著	160元
A311 ·	活著的神話：我為什麼活著？(散文)	零　域　著	140元
A315 ·	蟲及其他(短篇小說)	荆　棘　著	160元
A316 ·	喜歡自己的人生(散文)	林貴真　著	150元
A321 ·	余秋雨　臺灣演講(散文)	余秋雨　著	280元
A322 ·	典律的生成(一)(「年度小說選」三十年精編)	王德威　編	320元
A323 ·	典律的生成(二)(「年度小說選」三十年精編)	王德威　編	320元
A324 ·	夢從樺樹上跌下來(詩人生活)	張　默　著	280元
A328 ·	掩卷沈思(散文)	余秋雨　著	220元
A329 ·	高行健與中國實驗戲劇(評論)	趙毅衡　著	250元
A330 ·	盪著鞦韆喝咖啡(散文)	隱　地　著	180元
A331 ·	心靈與宗教信仰(哲理散文)	王鼎鈞　著	180元
A332 ·	有詩(新詩)	王鼎鈞　著	130元
A333 ·	千手捕蝶(哲理小品)	王鼎鈞　著	140元
A335 ·	生命是個橘子(散文)	林貴真　著	180元
A338 ·	活到老，真好(哲理小品)	王鼎鈞　著	200元
A339 ·	上海的風花雪月(散文)	陳丹燕　著	220元
A340 ·	杜甫的五城(散文)	賴瑞和　著	300元
A341 ·	葡萄紅與白(散文)	愛　亞　著	190元
A342 ·	展卷(讀書隨筆)	莊信正　著	170元
A343 ·	總是巴黎(中篇小說)	西　零　著	180元
A344 ·	岸與岸(桑品載自傳)	桑品載　著	160元

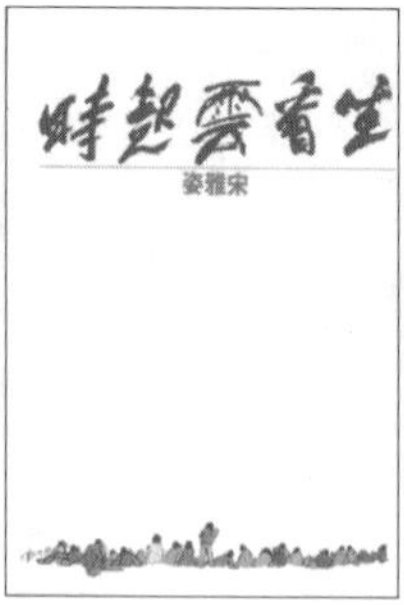

A243．浮生(散文)　林貴真　著　130元
A245．一天清醒的心(哲理小品)　黃克全　著　110元
A247．兩岸書聲(書評)　王鼎鈞　著　110元
A252．今宵酒醒何處(路上書)(散文)　蔣　勳　著　170元
A253．偶然投影在你的波心(小品．攝影)　林貴真　著　130元
A254．來我家喝杯茶(散文)　呂大明　著　150元
A255．十二樓憑窗情事(散文)　愛　亞　著　120元
A258．愛情的花樣(短篇小說)　喻麗清　著　130元
A260．愛喝咖啡的人(散文)　隱　地　著　170元
A261．握手(小品)　愛　亞　著　120元
A262．與你深情相遇(散文)　陳幸蕙　著　150元
A264．方壺漁夫(散文)　沈臨彬　著　160元
A266．第二名的生活藝術(散文)　林貴真　著　150元
A267．青鳥蓮花(散文)　張春榮　著　130元
A269．青少年的四個大夢(第一集)(散文)　陳幸蕙　著　190元
A270．文化苦旅(散文)　余秋雨　著　320元
A273．青少年的四個大夢(第二集)(散文)　陳幸蕙　著　190元
A274．備忘手記(「十句話」完結篇)(小品)　隱　地　編　150元
A276．好一個年輕的下午(散文)　林貴真　著　130元
A277．一把文學的梯子(文學賞析)　張春榮　著　240元
A278．感情事件(短篇小說)　孫瑋芒　著　140元
A279．魯男子(中篇小說)　梅　遜　著　140元
A280．翻轉的年代(散文)　隱　地　著　130元
A283．無限好啊！(散文)　邱七七　著　130元
A285．成長的迷惑(小品)　愛　亞　著　120元
A287．雌性的草地(長篇小說)　嚴歌苓　著　270元
A289．青少年的四個大夢(第三集)(散文)　陳幸蕙　著　190元
A291．夜戲(短篇小說)　黃克全　著　130元
A292．把黑夜帶回家(散文)　王潤華　著　140元
A294．評論十家㈡(評論)　席慕蓉等著　180元
A295．斷水的人(散文)　張　讓　著　150元
A296．現代人的自得其樂(散文)　林貴真　著　150元

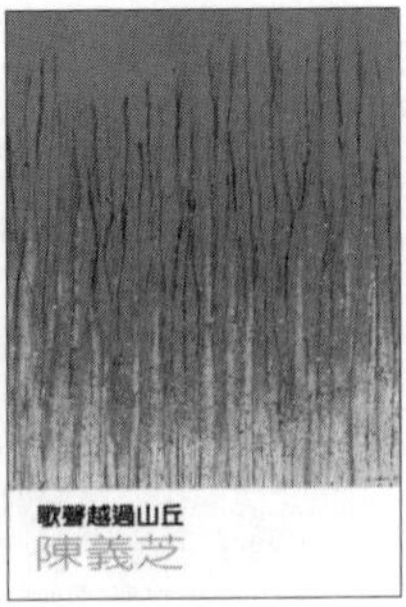

A197 ·	小詩選讀(新詩賞析)	張　默編著	240元
A198 ·	靜靜的聽(散文)	林海音　著	150元
A203 ·	雷　驤極短篇(小小說)	雷　驤　著	130元
A204 ·	袁瓊瓊極短篇(小小說)	袁瓊瓊　著	130元
A205 ·	羅　英極短篇(小小說)	羅　英　著	150元
A206 ·	喻麗清極短篇(小小說)	喻麗清　著	160元
A207 ·	陳克華極短篇(小小說)	陳克華　著	160元
A208 ·	邵　僩極短篇(小小說)	邵　僩　著	160元
A209 ·	陳幸蕙極短篇(小小說)	陳幸蕙　著	150元
A210 ·	隱　地極短篇(非小說)	隱　地　著	130元
A211 ·	創世紀詩選(第二集)(新詩)	辛　鬱等編	270元
A212 ·	隨身的糾纏(新詩)	向　明　著	140元
A213 ·	覓知音(散文)	康芸薇　著	150元
A214 ·	驚心散文詩(詩)	蘇紹連　著	90元
A216 ·	姆媽，看這片繁花！(木刻・散文)	奚　淞　著	200元
A218 ·	黎明心情(散文)	陳幸蕙　著	150元
A219 ·	當風吹過想像的平原(散文)	張　讓　著	160元
A220 ·	啊！荷葉上的露珠(散文)	林貴真　著	130元
A221 ·	給成長的你(小品)	愛　亞　著	140元
A223 ·	左心房漩渦(散文)	王鼎鈞　著	180元
A225 ·	坐看雲起時(小品)	宋雅姿　著	200元
A226 ·	青少年詩話(新詩賞析)	蕭　蕭　著	200元
A227 ·	愛詩(新詩)	張　默　著	160元
A228 ·	從你美麗的流域(散文)	張曉風　著	280元
A230 ·	眾生(哲理小品)	隱　地　著	130元
A231 ·	脫走女子(短篇小說)	愛　亞　著	140元
A233 ·	風采(作家的影象②)(攝影)	周相露　攝	230元
A236 ·	中國近代小說選㈠(短篇小說)	莊信正　編	160元
A237 ·	中國近代小說選㈡(短篇小說)	莊信正　編	160元
A239 ·	如何擺脫丈夫的方法(中篇小說)	蕭　颯　著	90元
A241 ·	有時星星亮(小品)	愛　亞　著	150元
A242 ·	青春筆記(小品)	黃明堅　著	140元

A133・	良夜星光(短篇小說)	康芸薇　著	140 元
A135・	無情不似多情苦(散文)	喻麗清　著	110 元
A136・	父王・扁擔・來時路(散文)	蕭　蕭　著	200 元
A137・	現代詩遊戲(新詩賞析)	蕭　蕭　著	170 元
A139・	海鷗(短篇小說)	馬　森　著	140 元
A145・	隱題詩(新詩)	洛　夫　著	160 元
A146・	看不透的城市(散文)	王鼎鈞　著	170 元
A147・	洪醒夫小說獎作品集(短篇小說)	鍾鐵民等著	200 元
A148・	我在(散文)	張曉風　著	300 元
A149・	孩子的心(小品)	邵　僩　著	160 元
A150・	作家列傳(文學史料)	阿　盛　著	170 元
A151・	喜歡(散文)	愛　亞　著	160 元
A159・	青衫(新詩)	陳義芝　著	90 元
A160・	心的掙扎(哲理小品)	隱　地　著	170 元
A161・	龍應台評小說(評論)	龍應台　著	200 元
A162・	晚景(新詩)	紀　弦　著	90 元
A164・	童詩五家(童詩)	林　良等著	160 元
A166・	耶魯・性別與文化(論述)	孫康宜　著	230 元
A167・	假如人生像火車・我愛人生(筆硯船)(散文)	亮　軒　著	90 元
A170・	作家與書的故事(文學史料)	隱　地　著	170 元
A171・	曾經(長篇小說)	愛　亞　著	270 元
A172・	今夜伊在那裡(短篇小說)	邵　僩　著	100 元
A173・	凡夫俗子(散文)	袁則難　著	210 元
A177・	人間種植(哲理小品)	邵　僩　著	100 元
A180・	希望我能有條船(短篇小說)	蔣　勳等著	120 元
A181・	悲涼(新詩)	蕭　蕭　著	110 元
A183・	作家的影象(攝影)	徐宏義　攝	170 元
A186・	台灣詩人散論(評論)	沈　奇　著	250 元
A189・	十句話(第四集)(小品)	張　默　編	130 元
A190・	光陰的故事(短篇小說)	隱　地　編	160 元
A191・	給年輕的你(小品)	愛　亞　著	150 元
A194・	路(小詩)	非　馬　著	70 元

A 90．	隱地看小說(小說欣賞)	隱　地	著	200元
A 92．	有情天地(物情散文選)	張曉風	編	180元
A 93．	有情人(關情散文選)	張曉風	編	160元
A 94．	悲憫情懷——白先勇評傳(論評)	劉　俊	著	320元
A 96．	煙愁(散文)	琦　君	著	230元
A 98．	三色堇(散文)	張秀亞	著	160元
A 99．	靈感(哲理小品)	王鼎鈞	著	150元
A100．	爾雅(書介)	隱　地	編	170元
A101．	母心似天空(散文)	琦　君	著	160元
A102．	菁姐(琦君小說集)	琦　君	著	250元
A105．	在那張冷臉背後(新詩)	辛　鬱	著	160元
A109．	新為我主義(論述)	梅　遜	著	160元
A110．	孔子這樣說(從論語看「為我思想」)	梅　遜	著	160元
A113．	秋日散步(生命的故事)	張菊如	著	170元
A114．	情詩一百(新詩)	喻麗清	編	170元
A115．	青鳥的蹤跡(評論)	朱　徽	著	200元
A117．	現代百家詩選(新編)	張　默	編	420元
A118．	海水天涯中國人(散文)	王鼎鈞	著	200元
A119．	田莊人(小說)	洪醒夫	著	190元
A120．	一隻男人(散文)	王盛弘	著	190元
A121．	可愛小詩選(新詩)	向明・白靈	編	160元
A122．	三美神(日本極短篇小說選)	柏　谷	譯	150元
A123．	中國現代文學選集(新詩)	齊邦媛	編	350元
A124．	中國現代文學選集(散文)	齊邦媛	編	240元
A125．	中國現代文學選集(小說)	齊邦媛	編	350元
A127．	天河的水聲(新詩)	馮　青	著	160元
A128．	臺北人(小說)	白先勇	著	260元
	《臺北人》典藏版(小說)	白先勇	著	340元
A129．	新詩的智慧(新詩賞析)	吳　當	著	160元
A130．	荊棘裡的南瓜(散文・小說)	荆　棘	著	160元
A131．	城南舊事(短篇小說)	林海音	著	180元
A132．	十三生肖(短篇小說)	東方白	著	120元

一棵無限的文學樹

走過39年9個月（創社於一九七五年七月二十日）